Elfengeist

(1) Ein gefährlicher Auftrag

Von Angela Mackert

Die Serie

Elfengeist – Romanserie in drei Teilen

Alle Bände der Serie:
1. Ein gefährlicher Auftrag
2. Das Geheimnis von Segredo
3. Die Magie der Geisterlinde

Die Elfengeist-Serie ist abgeschlossen.

Elfengeist

(1) Ein gefährlicher Auftrag

Von Angela Mackert

Impressum

Bibliografische Information der Deutschen Nationalbibliothek: Die Deutsche Nationalbibliothek verzeichnet diese Publikation in der Deutschen Nationalbibliografie; detaillierte bibliografische Daten sind im Internet über http://dnb.d-nb.de abrufbar.

Titel: Elfengeist - (1) Ein gefährlicher Auftrag

1. Auflage, 2019
© Angela Mackert. Alle Rechte vorbehalten. Nachdruck – auch auszugsweise – nur mit Genehmigung der Autorin.
Covergrafik: Shutterstock.com
Coverlayout: Angela Mackert
Herstellung und Verlag: BoD – Books on Demand, Norderstedt
ISBN 978-3-7494-9809-3

Herausgegeben von Angela Mackert
Sie finden mich im Internet unter:
www.angela-mackert.de

Kontakt: info@angela-mackert.de

Zeiten ändern sich ...

1. Im Hause el Raganor

Gilior hielt den Trubel, der im Haus herrschte, nicht mehr aus. Er flüchtete zum Rosengarten.

Aufatmend setzte er sich dort auf die kleine Bank, die versteckt im hinteren Bereich zwischen den Kletterrosen und dem Blauregen stand. Aber wirklich ruhig war es hier auch nicht. Das Geschnatter der Frauen und Kinder sowie die Rufe der Männer klangen immer noch in seinen Ohren, wenn auch nur gedämpft. Wieso machten die Familien seines Stammes überhaupt so einen Wirbel um dieses Übergabe-Ritual? Es rechnete doch sowieso jeder damit, dass sein Vater der nächste Schützer wurde, zumindest sprachen alle davon. Selbst sein Großonkel, der Noch-Schützer der magische Quelle – was immer das auch heißen mochte – war wohl überzeugt, dass Tinundi sein Nachfolger wurde.

Dass er selbst auch an dem Ritual teilnehmen musste, ging Gilior erst recht gegen den Strich.

Schließlich gab es in der Geschichte der el Raganors noch nie einen, der bei der Amtsübernahme jünger als hundertfünfzig gewesen wäre. Gilior war erst siebzehn und die letzten Tage hatten ihm zudem deutlich gemacht, dass man ihn sowieso für aus der Art geschlagen hielt, für unwürdig, jemals Schützer zu werden.

Ach! Er hatte die herablassenden Blicke, die seit der Ankunft seiner Elfenverwandtschaft immer wieder auf ihn gerichtet wurden, so satt! Selbst einer der von weit her angereisten Vettern, der wohl kaum älter war als er und den er zudem nicht einmal kannte, hatte sich, bereits mächtig herausgeputzt, vor ihn hingestellt und mit abschätziger Mine gemeint, dass Gilior wohl eher einem Stallburschen glich als einem Schützer-Anwärter. Was für ein Schnösel!

Gilior seufzte, dann richtete er seinen Rücken gerade und atmete durch. Er würde es auch diesmal schaffen, dass die Meinungen der anderen an ihm abperlten! Sollten doch alle glauben, dass er keinerlei Talent besaß. Er hatte sogar ein ganz besonders, aber er würde sich hüten, sein Geheimnis preiszugeben.

Auf dem Kiesweg, der zu seiner Bank führte, klangen Schritte. Bald darauf tauchte vor ihm die rundliche Gestalt seines zwei Jahre älteren Cousins Alaris auf. Er trug über dem Schnürhemd und seiner weiten, knielangen Hose noch die mit einer Krone bestickte Schürze, die ihn als Suppenkoch der Elfenkönigin auswies.

Alaris grinste. »Hab mir doch gedacht, dass ich dich hier finde!«

Gilior klopfte auf die Bank. »Es ist noch Platz für einen zweiten Unwilligen. Wie mir scheint, haben sie dich ja auch gezwungen, zu erscheinen.«

Alaris setzte sich neben ihn. »Ja. Ich konnte mich nicht einmal mehr umziehen, als die Boten kamen, um mich auf schnellstem Weg hierher zu eskortieren.« Er seufzte. »Mir ist echt mulmig zumute. Als Suppenkoch bin ich glücklich. Ich will nichts anderes sein, das weiß jeder hier. Aber ob die goldene Schlange das auch respektiert?

Was mache ich, wenn sie mich wider Erwarten doch erwählt?«

»Mach dir keine Sorgen, wir beide werden der Schlange gar nicht auffallen. Es sind viel zu viele Anwärter da, die sich im Gegensatz zu uns um die Berufung reißen werden.«

»Vielleicht hast du recht.« Alaris nickte und schaute Gilior prüfend an. »Vielleicht aber auch nicht. Gesetzt den Fall, dass das Schlangenzeichen auf deinem Handgelenk erscheint, wie reagierst du dann?«

Gilior zuckte die Schultern. »Da hab ich mir keine Gedanken darüber gemacht. Wenn man der Tradition glaubt, sind wir beide sowieso zu jung. Vielleicht wird mein Vater der nächste Schützer. Er strotzt ja nur so vor Verantwortungsbewusstsein und Pflichtgefühl. Seit Wochen spricht er von nichts anderem mehr.« Gilior seufzte. »Ich weiß nicht, ob ich ihm das Schützeramt wünschen soll. Wenn er erwählt wird, hackt er womöglich noch mehr auf mir herum. Wahrscheinlich ist es dann besser, wenn ich von hier fortgehe ...«

»Bloß nicht! Du bist der Einzige in der Familie, mit dem ich vernünftig reden kann!«

»Nur weil man uns alle beide für schwarze Schafe hält.«

Alaris lachte auf, hob dann plötzlich den Finger. »Ach herrje, hörst du? Die Glocke! Es ist wohl schon so weit, wir müssen ins Haus!«

Die kleine Glocke auf dem Dach des Anwesens bimmelte heftig. Es war das vereinbarte Zeichen, dass sich alle Männer aus den Stammzweigen der el Raganor, die zwischen sechzehn und dreihundertfünfzig Jahre alt waren, im Gesellschaftsraum zusammenfinden sollten. Gilior und Alaris sahen sich an. Fast gleichzeitig seufzten sie auf und erhoben sich, um ins Haus zu gehen.

Während sie den Kiesweg entlangliefen, schaute Alaris auf die wadenlange dunkle Hose und das helle ärmellose Schnürhemd, die Gilior trug. »Zum Glück bin ich nicht der Einzige in einfacher Kleidung.«

Gilior grinste. »Vater wird ausrasten, wenn er mich so sieht. Aber es ist mir egal! Ihm kann ich ja sowieso derzeit nichts recht machen, und ich hasse dieses Spitzenhemd und das goldbestickte Wams, in das Mutter mich unbedingt reinstecken wollte.«

»Als ob die goldene Schlange auf Äußerlichkeiten achten würde ...« Alaris griff nach Giliors Arm und blieb stehen. »Gilior, falls die Wahl der Schlange auf dich fällt, dann bleib so, wie du bist! Hörst du? Lass dich nicht von dem beeinflussen, was andere dir einreden wollen!«

Gilior lächelte und legte den Arm um seine Schulter. »Keine Sorge! Aber das Schlangenzeichen wird gewiss das Handgelenk eines anderen zieren.«

Sie gingen weiter, erreichten die zweiflügelige Haustüre, die weit offen stand, und traten ein. Im Foyer drängten sich vornehm gekleidete Frauen und Kinder, es war kaum ein Durchkommen. Alle wollten einen Blick auf den großen Saal erhaschen, wo sich die Männer bereits versammelten. Soweit Gilior sehen konnte, waren fast alle Schützer-Anwärter in kostbare Gewänder gekleidet. Sie trugen weite Kniehosen, unter denen Spitze hervorschaute, seidene Hemden mit Spitzentüchern und kurze, zumeist bestickte Wamse darüber.

Als er sich mit Alaris einen Weg zum Saal bahnte, bemerkte Gilior, dass ein paar junge Elfenmädchen kichernd zu ihnen herüberschauten. Sie deuteten mit den Fingern auf sie und machten spöttische Bemerkungen über ihre Kleidung.

Giliors Mutter stand nicht weit weg von ihnen. Sie rang die Hände, als sie ihn sah. Als er dann wenig später in den Saal hineintrat, lief sein Vater prompt auf ihn zu und packte ihn am Arm. »Legst du es darauf an, mich zu blamieren? Wie kannst du es wagen, so nachlässig gekleidet hier zu erscheinen! Bei Alaris kann man das ja vielleicht noch durchgehen lassen, er kommt direkt aus seiner Suppenküche, aber du hattest wahrlich genug Zeit, dich umzuziehen«, zischte er.

»Ich bin nicht nachlässig gekleidet«, widersprach Gilior, »sondern so, wie es zu mir passt!«

Sein Vater öffnete den Mund, um eine heftige Antwort zu geben, aber weil man bereits zu ihnen hinschaute, hielt er sich zurück. Er presste die Lippen zusammen und schubste Gilior von sich. »Geh mir aus den Augen und setz dich ja weit weg von mir!«

Nichts lieber als das, dachte Gilior. Alaris wies auf zwei freie Plätze in einem Stuhlkreis, der fast den gesamten Raum einnahm, und zog ihn mit sich. Während sie sich setzten, schaute Gilior sich unauffällig um. Neben der Tür standen die Hausgeister in einer Reihe und warteten auf Befehle. Die kleinwüchsigen Wesen mit den großen spitzen Ohren verzogen keine Mine, nur der Kleinste zwinkerte ihm kurz zu. Gilior zwinkerte zurück.

Auf der anderen Seite des Raums stand ein Tisch, der mit einem bodenlangen weißen Tischtuch verhüllt war. Darauf lag, fein säuberlich gefaltet, ein ebenso weißer Mantel. Hinter diesem entdeckte Gilior einen langen, schlichten Stab aus Eichenholz, der zu beiden Seiten über den Tisch hinausragte.

Gegenüber von Gilior saßen die drei Schützer: Tidor, den er Großonkel nannte, obwohl er nur über Ecken mit ihm verwandt war. Er bewahrte den Schleier ihrer Welt. An seiner linken Seite saß Thal, ein Cousin von Giliors Vater. Er bewahrte die Erde. Was das bedeutete, davon hatte Gilior sowenig Ahnung wie von der Aufgabe, die sein Urgroßvater Rasnor heute weiterreichte. Er wusste zwar viel über die Aufgaben der Schützer, die als das Herz ihrer Welt bezeichnet wurden, mehr als sein Vater ahnte, der ihn oft lernfaul schimpfte, weil Gilior die Bücher, die er ihm auswählte, gern mal links liegen ließ. Ja, Gilior wusste wirklich viel, aber es gab eben auch Dinge, die nur derjenige erfuhr, der zum Schützer erwählt worden war.

Gilior schaute jetzt unauffällig zu Rasnor hin. Er sah alt aus und müde, schien aber dennoch alles im Raum wahrzunehmen. Seine Finger spielten an dem wuchtigen Saphirring, den er an der linken Hand trug. Auch die beiden anderen Schützer hatten solche Ringe, nur mit anderen

Steinen. An Tidors Finger sah Gilior einen Rubin blitzen und Thals Hand wurde von einem Smaragdring geschmückt. Sicher hatten diese Ringe eine besondere Bedeutung.

Obwohl Gilior es nicht wollte, wanderte sein Blick weiter zu seinem Vater. Dieser sprach leise mit Thal, an dessen Seite er saß. Den Disput von vorhin schien er vergessen zu haben, sein Gesicht wirkte freundlich und seine Haltung entspannt. Aber Gilior wusste, dass dem nicht so war. Vermutlich würde sein Vater ihn wieder mehrere Tage mit Missachtung strafen. Gilior seufzte leise. Sie beide waren einfach viel zu verschieden, um sich zu verstehen. Wie Feuer und Eis, hatte Alaris einmal gesagt. Wie würde das erst werden, wenn sich herausstellte, dass sein Vater tatsächlich der Auserwählte war?

Alaris stupste ihn an und riss ihn so aus seinen Gedanken. »Na endlich, alle Schützer-Anwärter sind hier, kein Stuhl mehr frei. Dann wird das Ritual ja hoffentlich gleich beginnen.«

»Ja, hoffentlich.«

Gilior nickte und beobachtete dann, wie die Hausgeister lautlos den Raum verließen. Sie gingen alle hinaus, bis auf einen, der mit einer magischen Handbewegung die Tür hinter ihnen schloss.

Als Thal aufstand und sich räusperte, stellten die Schützer-Anwärter augenblicklich ihre Unterhaltungen ein. Es wurde mäuschenstill im Raum. Thal legte seine Hand auf Rasnors Schulter, atmete durch und wandte sich dann an alle. »Elfen des Stammes el Raganor, ihr wisst, weshalb ihr hier seid! Rasnor, der Schützer, der die magische Quelle bewahrt, hat unserer Welt lange Zeit treu gedient. Aber jetzt ist die Zeit gekommen, das Amt einem Jüngeren zu übergeben.« Er ließ Rasnor los und zeigte den Männern seinen linken Arm. »Um das Handgelenk eines jeden Schützers windet sich das Zeichen der Schlange. Normalerweise können nur wir selbst es sehen, aber heute, an diesem wichtigen Tag, ist es auch für euch sichtbar, da ihr als Männer des Stammes el Raganor die Schützer-Anwärter seid.« Thal machte eine kurze Pause und ließ seinen Arm sinken. »Ihr alle wisst, wie unsere Welt entstanden ist. Es war in einer Zeit, in der unsere Vorfahren noch bei den Menschen gelebt haben, die sich schnell ausbreiteten und ihnen in Folge den Lebensraum streitig machten. Es führte zu jenem furchtbaren Krieg, den die Geschichte als die Geburtsstunde unserer heutigen Mutter Erde nennt. Um diesen Krieg zu beenden, der allen Seiten nur Leid brachte, schuf die erste Elfenkönigin damals magische Lande und schirmte sie von der Welt der Menschen ab. Unsere Vorfahren und andere verfolgte Wesen, die mit uns Elfen in Frieden leben wollten, gingen mit der Königin in diese neue Existenz hinein, die sie die andere Welt nannte, oder wie wir heute sagen: Anderwelt.« Thal machte wieder eine kurze Pause. Sein Blick flog dabei über die Schützer-Anwärter. Dann atmete er durch und redete weiter. »Unser Stamm erhielt damals den

Auftrag, Anderwelt für alle Zeit zu schützen und für ihren Fortbestand zu sorgen. Auch das wisst ihr, aber ich will es noch einmal betonen, denn es bedeutet, dass jeder von uns drei Schützern eine große Verantwortung trägt, die er zu keiner Stunde von sich weisen kann. Werdet euch dessen bewusst!«

Unter den Anwärtern entstand eine kleine Unruhe. Giliors Blick flog über die Gesichter der Männer, von denen manche jetzt fast erschrocken wirkten. Hatten die sich denn nie Gedanken gemacht, was es bedeutete, ein Auserwählter der goldenen Schlange zu sein?

Thal räusperte sich wieder, um die Aufmerksamkeit auf sich zu ziehen. Er hob noch einmal seinen Arm hoch, damit alle die Schlange sehen konnten, die sich unter der Haut seines linken Handgelenks wand. »Dieses Zeichen verbindet uns Schützer mit der goldenen Schlange, die in der Geisterlinde wohnt und die sich nachher Rasnors Nachfolger wählen wird. Bedenkt aber eines: Derjenige, bei dem sich das Zeichen zeigt, hat keine Wahl. Ihm bleibt nichts übrig, als das Amt anzunehmen. Denn es muss immer drei lebende Schützer geben, damit unsere Existenz vor den Menschen verborgen bleibt, so wie es die erste Elfenkönigin vor langer Zeit bestimmt hat.« Er sah die Männer der Reihe nach an und sprach dann eindringlich weiter. »Es mag jetzt sein, dass dem einen oder anderen von euch die Verantwortung zu schwer erscheint oder ihr euch vielleicht aus anderem Grund nicht in der Lage fühlt, das Amt in geforderter Weise auszufüllen. Habt keine Sorge! Lasst die Schlange an euren Gedanken teilhaben. Sie wird sie berücksichtigen, und im Falle, dass ihr euch selbst richtig einschätzt, einen anderen wählen. Aber ihr alle solltet euch auf jeden Fall im Klaren darüber sein, dass die Wahl der Schlange euch bis ins hohe Alter dem Amt des Schützers verpflichtet. Ihr wisst, was das bedeutet! Der Erwählte wird künftig einzig und allein dem Wohl unserer Welt dienen. Er hat die Pflicht, mit allen Völkern den Frieden zu suchen, genauso die Wahrheit und Gerechtigkeit, und wenn nötig, muss er dafür kämpfen.« Thal atmete durch »Ist euch das klar?« Als die Männer zustimmend murmelten, nickte er und beugte sich zu Rasnor. »Ich denke, wir können anfangen.« Er wandte sich wieder an alle. »So lasst uns die Zeremonie beginnen.«

Gilior hätte gerne noch ein wenig über Thals Worte nachgedacht, und noch lieber hätte er seine Aussagen hinterfragt. Auf welche Weise sicherten die Schützer den Fortbestand ihrer verborgenen Welt? Womöglich durch ihr eigenes Leben? Er dachte daran, dass sie manchmal auch das »Herz Anderwelts« genannt wurden, und wenn ein Schützer unerwartet starb, tauchte das Zeichen im selben Augenblick bei einem anderen auf. Hatte das alles eine tiefere Bedeutung? Dass es immer drei lebende Schützer geben musste, deutete darauf hin. Aber was passierte, wenn es einmal keine Nachfolger mehr gab, wenn ihr Familienstamm ausdörrte? In all den vielen Büchern, die von seinem Elfenstamm und den Schützern handelten, hatte er bisher nichts zu dem Thema gefunden, und jetzt konnte er auch nicht fragen, dies war weder der richtige Ort noch der richtige Zeitpunkt. Gilior seufzte leise. Warum fand er auf seine Fragen nie erschöpfende Antwort?

Aber er musste sich jetzt auf die Zeremonie konzentrieren! Wenigstens das sollte man ihm nicht nachsagen: dass er unaufmerksam war ...

Rasnor stand mit Thals Hilfe auf. Beide gingen bis zur Mitte des Stuhlkreises und stellten sich einander gegenüber. Auch Tidor, der dritte Schützer, begab sich zu ihnen.

Thal sah den scheidenden Schützer an. »Rasnor, ich frage dich: Bist du bereit, dein Amt aufzugeben und die Sorge um die magische Quelle einem Jüngeren zu übertragen?« Rasnor nickte. »Ja, das bin ich. Möge die Schlange meinen Nachfolger stärken, so wie sie mich einst gestärkt hat.«

»Dann sei es so!«

Thal gab ihm das Ende eines dünnen Seils in die rechte Hand und wickelte den längeren Teil zweimal um Rasnors Handgelenk. Danach drückte er ihm auch das lange Ende zwischen die Finger, sodass Rasnor nun beide Enden hielt, ein kurzes und ein langes.

Jetzt trat Tidor vor. Er trug eine kleine Schachtel, die er öffnete. Darin lag ein spitzenbesetztes Kissen.

Er wandte sich damit an Rasnor. »Schützer der magischen Quelle, du hast gesagt, dass du bereit bist. Wenn du es wirklich bist, dann gib mir den Schützerring, damit ich ihn für deinen Nachfolger bewahre!«

Rasnor streckte ihm die linke Hand hin. »Nimm den Ring und bewahre ihn. Der Saphir möge die Seele meines Nachfolgers erleuchten und ihm so den richtigen Weg weisen.«

Tidor zog den Ring von seinem Finger und legte ihn in das Schächtelchen, das er danach wieder verschloss. Sichtlich ergriffen schauten Thal und Tidor danach ihren langjährigen Gefährten an. Beide schwiegen einen Augenblick, wie um sich zu sammeln, dann verneigten sie sich vor ihm.

»So soll sich der Wandel vollziehen!«, sprach Thal danach und gleich darauf nahm seine Stimme einen beschwörenden Klang an. »Goldene Schlange, öffne deine Augen, denn du musst dir einen neuen Diener erwählen, der fortan die magische Quelle hütet.«

Rasnor, der noch immer die Seilenden hielt, ließ diese los und zu Giliors Überraschung wand sich nun eine kleine Schlange um sein Handgelenk, deren Schuppen golden glänzten. Sie züngelte. Die drei Schützer gingen jetzt gemessenen Schrittes zuerst zum Hausherrn, wie es der Tradition entsprach.

Es war Giliors Vater, der daraufhin aufstand und sich verneigte. »Ich bin Tinundi el Raganor«, sagte er und ergriff Rasnors ausgestreckte Hand, damit sich die Schlange auch um sein Handgelenk winden konnte.

Als die Schlange ihn danach freigab, setzte er sich wieder und legte die Hände auf die Knie.

Die Schützer traten derweil zum nächsten Anwärter. So ging es reihum, einer nach dem anderen stand auf, bis Gilior an der Reihe war, sich zu erheben.

»Ich bin Gilior el Raganor«, sagte er mit fester Stimme und ergriff die ausgestreckte Hand. Als die kleine Schlange sich um sein Handgelenk wand, war er überrascht, wie angenehm sich das anfühlte. Er betrachtete das Tier. *Na, alle Handgelenke sauber gewesen bisher?*, fragte er es in Gedanken und konnte kaum sein Grinsen unterdrücken, als die Schlange den Kopf hob, wie wenn sie antworten wollte. Aber sie zog sich nur zurück. Gilior setzte sich wieder, legte wie die anderen seine Hände auf die Knie, und schon war Alaris an der Reihe.

Es dauerte dennoch eine ganze Weile, bis die Schlange alle Schützer-Anwärter beschnuppert hatte. Als es endlich so weit war, setzten sich auch die drei Schützer an ihren Platz. Die goldene Schlange verschwand und an Rasnors Handgelenk baumelte nur noch das Seil. Er nahm es aufatmend ab und gab es Thal zurück, der das Seil in seine Manteltasche steckte.

Thal sah die Männer danach an. Er lächelte. »Nun werden wir warten, bis sich bei einem von euch das Schlangenzeichen am Handgelenk bildet.«

Hoffentlich dauert das nicht zu lange, dachte Gilior. Sein Blick flog zum Fenster. Draußen schien die Junisonne, es war ein herrlicher Tag. Hier drinnen unter all den parfümierten Männern fühlte er sich gar nicht wohl. Herrje, warum konnten die sich nicht mit Wasser und Seife begnügen, wie die weniger privilegierten Elfen auch? Immer wieder hielt Gilior die Luft an, aber es half nichts. Er schaute zu seinem Vater, der kerzengerade auf seinem Stuhl saß, aber immer wieder die Augenlider senkte, weil er auf sein linkes Handgelenk schielte. Nimm ihn doch, kleine Schlange, forderte er in Gedanken. Vielleicht wird er dann ja lockerer.

Mit der Zeit fingen Giliors Beine an, zu kribbeln. Er wäre so gern aufgesprungen, wenigstens ein wenig im Raum auf und ab gegangen. Aber er zwang sich zum Stillsitzen, bewegte nur heimlich die Zehen. Er schaute zu Alaris, der leise seufzte. Ja, ihm ging es wohl ähnlich. Sein Cousin wäre jetzt sicher viel lieber in seiner Suppenküche als hier. Giliors Blick schweifte weiter, aber er bewegte kaum den Kopf dabei. Einigen der anderen Männer fiel das lange Stillsitzen wohl so schwer wie ihm selbst. Er sah Füße, die unruhig über den Boden scharrten; Hände, die verstohlen einen Körperteil rieben. Himmel, sein eigener linker Arm juckte auch heftig. Eine Weile beherrschte sich Gilior noch, aber dann schob er die Arme näher zusammen und fing so diskret wie möglich an, sich zu kratzen. Er bekam mit, wie Alaris zu ihm hinschaute, aber er konnte nicht mehr aufhören, seine Haut zu reiben. So ein elender Juckreiz! Alaris beugte sich näher zu ihm hin. Gilior hörte, wie er den Atem einsog, und im nächsten Moment packte Alaris ihn am Arm, sprang auf und zog ihn mit sich hoch.

»Das Zeichen der Schlange! Sie hat gewählt! Es ist an seinem Handgelenk!«, rief er aufgeregt und reckte Giliors Arm nach oben, damit alle es sehen konnten. Er schaute zu ihm hin, wisperte: »Ich wusste es!«

Gilior begriff kaum, wie ihm geschah, doch dann erkannte auch er den Schatten einer Schlange, die sich unter der Haut seines Handgelenks bewegte. Er fasste es nicht, brachte kein Wort heraus, stand da wie gelähmt. Das konnte doch nicht sein!

Auch Giliors Vater sprang auf, er schien es nicht zu glauben. »Was? Du?«

Thal, der neben ihm saß, gebot ihm, sich wieder zu setzen. Zusammen mit den beiden anderen Schützern ging er zu Gilior und begutachtete das Zeichen, das sich an seinem linken Handgelenk gebildet hatte.

Er nickte. »Ich hätte wirklich nicht damit gerechnet, dass du es wirst«, sagte Thal leise und wandte sich mit lauterer Stimme an die anderen Männer. »Ja, die goldene Schlange hat Gilior el Raganor erwählt!«

Die Männer im Raum wurden augenblicklich unruhig. Füße scharrten über den Boden, Stühle knacksten, und spitzenbesetzte Tücher raschelten. Die Schützer-Anwärter, die nun keine mehr waren, hielten sie vor den Mund, um diskret mit ihren Stuhlnachbarn zu flüstern. Immer wieder schauten sie dabei zu dem Erwählten hin, als ob sie es nicht fassen könnten.

Auch Gilior konnte noch kaum glauben, was geschehen war.

Er warf einen Blick zu seinem Vater, sah, wie dieser die Hände vor den Mund legte und den Kopf schüttelte. Dieser Anblick brachte ihn wieder zu sich. Ja, natürlich! Sein Vater traute ihm nicht zu, die Aufgabe eines Schützers würdig zu erfüllen. Das braucht Verantwortungsbewusstsein und Disziplin, die du nicht hast!, hatte er oft genug gesagt, wenn Gilior wieder einmal zu spät zum Abendessen erschienen war.

Thal sprach Gilior an und lenkte damit seine Aufmerksamkeit wieder auf die Sache. »Du weißt, dass du keine Wahl hast! Brauchst du noch einem Moment, um dich zu sammeln, bevor wir das Ritual fortsetzen?«

Gilior sah ihn an. Aber Thals Gesicht wirkte auf einmal wie verschwommen auf ihn, und er hatte das Gefühl, dass seine Beine weich wie Pudding wurden. Du lieber Himmel, was war das denn?

Die drei Schützer, von denen einer jetzt wohl ein ehemaliger war, standen um ihn herum, stützten ihn ein wenig. Giliors Gedanken rasten. Nur keine Schwäche zeigen, schoss es ihm durch den Kopf. Aber er wusste im selben Moment, dass er in den Worten seines Vaters dachte.

Er atmete langsam und mit geschlossenem Mund durch, dann sah er Thal an und lächelte. »Ja, ein kleiner Moment zum Sammeln wäre jetzt gut!«

Giliors verkrampfte Haltung entspannte sich, das Schwindelgefühl verging. Nur sein Herz klopfte jetzt noch zu schnell und er fühlte eine Enge in der Brust, zumindest glaubte er das. Aber auch das ging vorüber. Er atmete noch einmal durch, horchte in sich hinein. Ja, jetzt ging es wieder.

Er schaute die drei Männer an. »Darf ich euch etwas fragen? Was ist die magische Quelle, die ich schützen soll?«

Rasnor lächelte ihn an. »Niemand weiß es genau, sie ist ein Geheimnis. Ich fürchte, du musst allein herausfinden, was dahinter steckt. Die goldene Schlange wird dir aber sicher dabei helfen.«

Diese Antwort befriedigte Gilior nicht, aber er nickte und schaute dann zu Alaris. »Du bist wohl der Einzige, der in Erwägung gezogen hat, dass die Schlange mich wählt. Warum?«

»Ich sah dich immer als Beschützer!«

Gilior nickte wieder und atmete dann noch einmal tief durch. Ja, vielleicht gab ihm dieses Amt die Macht, das zu tun, was ihm wichtig war: Denjenigen beizustehen, die Hilfe brauchten, unabhängig von Rang und Namen, unabhängig davon ob es sich um Elfen, Hausgeister oder andere Wesen handelte. Das Bild der Schneedämonin, der er vor etwa einem halben Jahr begegnet war, stieg vor seinem geistigen Auge auf. Es war richtig gewesen, dass er ihr geholfen hatte, auch wenn das wohl niemand hier verstehen würde. Er straffte seine Haltung. »Ich bin jetzt soweit!«

Die drei Schützer nickten. Tidor wandte sich an die anderen im Raum und gebot Ruhe. Danach stellten sie sich zu dritt vor ihm auf und verneigten sich. Thal, der Wortführer bei dem Ritual, sah ihn an. »Gilior el Raganor, die goldene Schlange hat dich zum Schützer der magischen Quelle erwählt. Wisse, dass ihre Wahl bindend ist.«

Gilior antwortete ihm. »Ja, ich sehe mich gebunden! Möge die Schlange mir beistehen in Zeiten des Zweifels.«

Es waren die alten Worte, die er sprach. Die drei Schützer nahmen es überrascht zur Kenntnis.

Thal antwortete ihm dem Brauch gemäß. »So soll es sein!«

Alle drei verbeugten sich wieder vor Gilior, dann führten sie ihn in die Kreismitte. Thal nahm Giliors Hand und reckte sie nach oben, während er sich mit ihm drehte. »Seht den neuen Schützer der magischen Quelle. Die goldene Schlange hat ihn erwählt. Erweist ihm und ihr die Ehre!«

Alle Männer standen auf und verneigten sich, auch wenn einige von ihnen sich sichtlich dazu zwingen mussten.

Dann setzten sie sich wieder, während Thal nun Rasnors Arm nach oben reckte, um zu zeigen, dass das Schlangenzeichen von seinem Handgelenk verschwunden war. »Seht den scheidenden Schützer der magischen Quelle. Die goldene Schlange hat ihn freigegeben. Erweist ihm und ihr die Ehre!«

Nachdem die Männer sich auch vor ihm verbeugt hatten, gingen Tidor und Thal zu dem Tisch, auf dem der weiße Mantel und der lange Stab lagen, und trugen beides zu Gilior.

Als Thal den Mantel für die Ankleidezeremonie auseinanderfaltete, hätte Gilior beinahe aufgelacht. Das eigentlich knöchellange Kleidungsstück war so lang und breit, dass er garantiert darin versinken würde. Nur mit Mühe behielt er seine ernste Mine bei.

Thal stellte sich mit dem Mantel vor ihn hin. »Trage diesen Mantel zum Zeichen deiner Würde!«

Er half ihm in den Mantel hinein und Gilior bemerkte überrascht, dass sich das Kleidungsstück seiner Statur anpasste, es wurde kürzer und schmäler, bekam die für ihn perfekte Größe. Jetzt fiel es ihm leichter, die traditionelle Antwort zu geben. »Ich gelobe, stets mein Bestes zu geben, um mich dieses Symbols der Schützer würdig zu erweisen.«

Thal trat zurück und Tidor vor. Er überreichte ihm den langen Stab aus Eichenholz. »Nimm dies zum Zeichen der Stärke und zum Zeichen deiner Herrschaft über dich selbst. Der Stab soll dir helfen, das Beste in dir zu entfalten.«

Gilior verneigte sich und nahm den Stab entgegen. »Möge alles, was ich tue, unserer Welt zum Wohle gereichen!«

Er hatte wieder in den alten Worten geantwortet, obwohl diese nur noch selten bei den Übergabe-Ritualen benutzt wurden. Aber Gilior empfand sie einfach bedeutungsvoller als ein einfaches »Ja, so sei es!« Wenn er schon dieses Amt übernehmen musste, dann wollte er es bewusst tun. Die alten Worte halfen ihm dabei.

Thal hatte derweil die kleine Schachtel mit dem Saphirring geöffnet.

Rasnor, der neben ihm stand, nahm den Ring heraus und trat damit zu Gilior. »Nimm diesen Saphir als ein Zeichen der Ehre und der Wahrheit, denen du als Schützer verpflichtet bist.«

Gilior streckte ihm die linke Hand hin, damit er den Ring über seinen Finger streifen konnte. »Wahrheit und Ehre will ich stets hochhalten.«

Rasnor nickte lächelnd und sprach das Schlusswort des Rituals. »So sei dir nun, im Namen der goldenen Schlange, mein Amt übergeben!«

Gleich nachdem er gesprochen hatte, glomm um sie herum ein Licht auf, das sich ausbreitete und wenig später gleißend hell um die vier Schützer herum strahlte. Als es erstarb, standen nur noch drei Schützer da, denn Rasnors weißer Mantel war verschwunden. Er trug nun lediglich eine dunkle Kniehose, weiße Strümpfe und ein schlichtes, weißes Schnürhemd. Sieh an, dachte Gilior. Er legt wohl sowenig Wert auf kostbare Kleidung wie ich.

Nachdem die Zeremonie beendet war, und die Schützer ihrem neuen Gefährten ihre Glückwünsche ausgesprochen hatten, sprang Alaris auf und lief zu Gilior, um ihn fest zu umarmen. »Herzlichen Glückwunsch auch von mir«, sagte er laut und flüsterte ihm dann zu: »Ich weiß, dass du der Richtige für dieses Amt bist, und falls dir das noch nicht bewusst ist: Wir werden uns jetzt wieder öfter sehen, weil du als Schützer auch ab und zu im Schloss unserer Königin sein wirst.«

Im Saal wurde es nun laut. Stühle wurden hin- und hergeschoben, die Männer und ihre halbwüchsigen Söhne standen auf und stellten sich bald darauf in Grüppchen zusammen, um ihre Eindrücke zu besprechen. Manch einer bekundete sein Unverständnis für die Wahl der Schlange. Wie konnte sie Gefallen an einem Jungen finden, der sich so wenig an Gepflogenheiten anpasste?

Und war Gilior nicht auch viel zu jung, um solch ein gewichtiges Amt ausfüllen zu können?

»Mach dir nichts daraus. Bei mir war es damals ähnlich«, tröstete Rasnor, obwohl ich schon viel älter war als du heute. Er gab dem Hausgeist einen Wink, der daraufhin mit einer Handbewegung die Tür öffnete.

Wenig später ging die ganze Gesellschaft mit ihm und den Schützern Thal und Tidor hinaus. Nicht alle von ihnen nickten Gilior höflich zu. Er hatte es nicht anders erwartet, daher traf ihn das nicht. Sein Vater saß jedoch noch immer auf seinem Stuhl und beobachtete ihn.

Konnte das sein? Sein Gesicht wirkte fast so, als sei er stolz auf ihn. Als er Giliors Blick auffing, stand er auf und kam zu ihm her. »Ich nehme an, die Schlange hat etwas in dir gesehen, das mir bisher verborgen geblieben ist. Ich hoffe, du wirst ihre Erwartungen besser erfüllen als meine.« Er verneigte sich und ging dann hinaus zu den anderen, die sich bereits am Festbuffet bedienten.

»He, dein Vater hat sich vor dir verneigt!«, sagte Alaris überrascht.

Gilior nickte. »Vielleicht wollte er sich vor den anderen großmütig zeigen ... Komm, ich hab jetzt riesigen Hunger! Gehen wir schnell zum Buffet, bevor nichts mehr da ist.«

Als sie ins Foyer traten, wo die Speisen zur Selbstbedienung gerichtet waren, bahnte sich Giliors Mutter einen Weg zu ihm. Sie legte die Arme um seinen Hals und gab ihm einen Kuss auf die Wange. »Ich bin stolz auf dich, auch wenn du heute wieder einmal die Kleiderordnung missachtet hast, und ich werde dich vermissen, wenn du mit Tidor und Thal fortgehen musst.«

Eine Weile später standen Gilior und Alaris endlich in der Reihe vor dem mit Rosenblüten festlich dekorierten Buffet. Es schien, als ob diejenigen, die vor ihnen an der Reihe waren, sich die Teller schneller füllten, um ihnen Platz zu machen. Aber es gab dann ein Problem.

»Wie soll ich mit einer Hand den Teller halten und ihn gleichzeitig füllen?«, fragte Gilior und wies mit dem Kinn auf seinen langen Stab, den er als Schützer nun immer griffbereit halten sollte.

»Also ich denke, den musst du bestimmt nicht immer in der Hand behalten, du kannst ihn sicher auch mal in einer Ecke abstellen! Aber nur keine Panik, gib den Teller her«, antwortete Alaris, »ich gebe dir drauf, was du magst.« In Windeseile füllte er Giliors und seinen eigenen Teller mit feinen Pasteten und erlesenem Gemüse. »Suppe ist natürlich nicht da und mich hat man nicht gefragt, ob ich ein paar Spezialitäten kochen will«, maulte er.

»Wenn ich im Schloss unserer Königin bin, werde ich all deine Kreationen mit Freude probieren«, tröstete Gilior. »Komm, gehen wir in den Garten, da ist es ruhiger.«

Sie gingen wieder zu der kleinen Bank, die zwischen den Kletterrosen und dem Blauregen stand, aßen dort und unterhielten sich. Aber sehr lange blieben sie nicht allein. Tidor und Thal gesellten sich zu ihnen. Nach einer Weile zog Alaris sich diskret zurück, um sich auf die Suche nach seiner Mutter zu machen, die er bis jetzt noch nicht begrüßt hatte.

Als er außer Hörweite war, klopfte Tidor Gilior anerkennend auf die Schulter. »Du hast dich wirklich gut gehalten, als die Schlange dich gebunden hat! Ich bin damals fast in Ohnmacht gefallen.«

»Ach, deshalb war mir so komisch. Das war die Schlange, die in mir gewühlt hat!«, erwiderte Gilior und verstand jetzt, warum ihm so schwummrig geworden war, nachdem sich das Zeichen der Schlange an seinem Handgelenk manifestiert hatte.

Die Fragen, die Gilior danach stellte, wollten die Schützer aber wegen der vereinzelt im Garten flanierenden Elfen hier nicht beantworten, erst zu einem späteren Zeitpunkt, wenn sie ganz unter sich waren. Vielleicht morgen oder übermorgen ... Sie sprachen nur von dem neuen Leben, das jetzt auf Gilior zukam. Er würde reisen müssen und viel lernen. Vor allem sollte er sobald als möglich den Stammort seiner Familie aufsuchen, Raganor, der manches Geheimnis barg, das ihm nützlich sein konnte, und daneben sollte er das Buch Sikret suchen, das noch kein Schützer gefunden hatte, und in dem, der Legende zufolge, das Schicksal des Elfenvolks und ihrer Welt verzeichnet war.

2. Aufbruch nach Windport

Am nächsten Morgen war Gilior schon früh auf den Beinen. Er verließ das Haus noch weit vor dem Frühstück, lief quer durch das Tal hinüber zum Wald. Dort wanderte er zu einer Stelle hoch, von der Gilior wusste, dass er bei dem Experiment, das er ausführen wollte, nicht gesehen werden konnte. Gestern Abend hatte er extra dafür in den zwei Seitentaschen seines neuen Mantels Schlaufen eingenäht, so wie er das die ganzen Jahre schon bei all seinen Hosen gemacht hatte. An diesen Schlaufen hatte er jeweils ein dünnes, elastisches Band befestigt, an dessen Ende eine daumengroße Spiegelscheibe hing. Gilior grinste, als er daran dachte, dass sein Vater ihn wegen dieser Spiegelscheiben, die er immer mit sich trug, für verrückt hielt. Aber Gilior war weder absonderlich noch überspannt, er führte die Spiegel aus einem bestimmten Grund mit sich. Sie halfen ihm, heimlich zu verschwinden und später genauso unbemerkt wieder aufzutauchen, ein Umstand, der seinem Vater weiteren Anlass zu heftiger Kritik gab, da er glaubte, dass Gilior dafür dunkle Magie benutzte. Gilior hatte sich auch nie die Mühe gemacht, ihn über den wahren Sachverhalt aufzuklären. Sein Vater war nur schwer von einer einmal gefassten Meinung abzubringen, und so hatte sich Gilior schon früh dazu entschlossen, seine Gabe geheimzuhalten. Nicht einmal Alaris wusste davon.

Gilior war nun fast an seinem Ziel angelangt. Noch ein paar Schritte, dann stand er vor dem hohen Felsenrund, das vor langer Zeit von einer Elfenkönigin zum Schutz ihrer Begleiter geschaffen worden war.

Er zwängte sich durch eine schmale Öffnung ins Innere hinein. Dort blieb ihm gerade so viel Bewegungsfreiheit, wie er brauchte. Jetzt würde sich herausstellen, ob er auch mit diesem langen Stab, den er ja nun immer bei sich tragen sollte, in sein selbstgeschaffenes Spiegeltor hinein-passte.

Gilior nahm Kampfhaltung ein. Wenn schon, dann konnte er auch gleich eine Gefahrensituation simulieren. Denn dass es solche irgendwann geben würde, daran hatten die Schützer gestern Abend keinen Zweifel gelassen. Während er den Stab fester griff, nahm er an seinem linken Handgelenk etwas wahr. Das Schlangenzeichen, das über Nacht kaum sichtbar gewesen war, leuchtete golden auf. Es pulsierte dabei. Gilior horchte in sich hinein. *Willst du mir etwas sagen, kleine Schlange?*

Aber er empfing keine Eingebung. Nach einer Weile zuckte Gilior mit den Schultern, packte den Stab nun beidhändig, schwang, drehte und stieß ihn, während er gleichzeitig vor und zurück oder im Kreis sprang. Den Blick hielt er dabei auf imaginäre Gegner geheftet. Dann griff er den Stab auf einmal nur noch mit einer Hand, die andere schob er in seine Manteltasche hinein. Mit einer raschen Bewegung zog er den winzigen Spiegel heraus und warf ihn blitzschnell zu Boden.

Ein Licht strahlte auf, das ihn augenblicklich erfasste, und nur einen Augenblick später befand er sich in einem langen, dunklen Gang, an dessen Wänden sich in Abständen Fackeln entzündeten. Aber nicht das erregte seine Aufmerksamkeit, sondern das helle Sirren, das in der Luft klang. Ein funkelnder Punkt raste auf ihn zu. Gilior ließ ihn nicht aus den Augen, sprang plötzlich hoch und fing die zurückkehrende winzige Spiegel-scheibe mit einer Hand ein. *Geschafft*, dachte er, und diesmal kein blaues Auge oder sonst eine Verletzung.

Gilior öffnete die Faust und untersuchte das Spiegelglas. Es war nicht zu Bruch gegangen, befand sich noch völlig intakt an seinem elasti-schen Band und so steckte er es wieder in seine Manteltasche zurück.

Als Nächstes betrachtete er den Stab, den er noch in der Hand hielt. Wunderbar! Er hatte keinen Kratzer abbekommen. Seinen Fluchtweg konnte er also auch als Schützer nutzen. Sicher gereichte ihm das einmal zum Vorteil, denn dass er immer das tun würde, was von ihm erwartet wurde, wagte er, zu bezweifeln. Gehorsamkeit, ohne zu fragen, wozu es gut war, lag ihm nicht.

Gilior schaute den Gang entlang, in dem links in der Wand in unregelmäßigen Abständen zueinander Türen zu sehen waren. Die Erste führte zum Rosengarten des väterlichen Anwesens. Sie war mit einer aufgemalten Rose gekennzeichnet. Da Gilior nun beruhigt war, weil sein geheimes Refugium noch immer wie gewohnt funktionierte, ging er darauf zu. Er würde es vermutlich gerade noch rechtzeitig zum Frühstück schaffen. Er öffnete die Tür, tat einen Schritt hinaus und stand gleich darauf in der Nähe der kleinen Bank, auf der er gestern gesessen hatte. Hinter ihm erklang ein spitzer Schrei und er drehte sich um.

»Himmel, wo kommst du denn so plötzlich her? Du verhältst dich ja neuerdings wie ein Geist!« Alaris griff sich erschrocken an die Brust.

Gilior grinste. »Ruhig Blut, ich bin kein Geist. Ich war nur ein wenig frische Luft schnappen.«

»Nur ein wenig frische Luft schnappen, sagt er! Drinnen im Haus reden sie schon davon, dass du abgehauen bist ...«

»Wieso? Es ist doch gerade erst Frühstückszeit.«

»Von wegen, die ist fast vorüber. Thal und Tidor sitzen bereits auf Kohlen, weil ihr nach Windport müsst! Die Elfenkönigin hat euch gerufen!«

Gilior blies die Backen auf und lief dann mit Alaris im Laufschritt ins Haus. Zum Glück stolperte er dabei nicht über seinen Stab und auch nicht über seinen weiten Mantel, der ihm noch immer ungewohnt war.

»Ich gehe übrigens gleich mit euch. Ohne dich kann ich so viel Familienidylle nämlich nicht ertragen«, jappte Alaris, während sie das Foyer durchquerten.

Wenig später traten sie in den Frühstücksraum und Gilior sah, wie Tidor und Thal, die am Fenster standen, aufatmeten. Außer den beiden waren nur noch sein Vater und seine Mutter im Raum.

»Ich war nur wie üblich vor dem Frühstück laufen, ich wusste nicht, dass wir schon fortmüssen«, entschuldigte er sich und dachte, dass es ja nicht gelogen war, denn die Strecke lief er tatsächlich jeden Morgen bei Tagesanbruch.

Gilior lehnte seinen Stab an die Wand, setzte sich an den Tisch und schmierte sich schnell ein Marmeladenbrötchen. Hastig biss er hinein und spülte es mit Tee herunter. Tidor setzte sich zu ihm. Er deutete auf sein Handgelenk. »Golden bedeutet, dass die Königin ruft!«

»Oh, das wusste ich ja nicht!«

»Jetzt weißt du es.« Tidor beobachtete ihn. »Verschluck dich nicht, Gilior! So viel Zeit haben wir noch, dass du in Ruhe frühstücken kannst. Deine Mutter hat dir bereits eine Tasche mit Kleidung zum Wechseln gerichtet, du musst sie nachher nur noch aus deinem Zimmer holen. Viel brauchst du ja im Augenblick nicht, den Rest kannst du dir dann später bringen lassen, wenn unsere Königin dir im Schloss dein Zimmer zugewiesen hat.«

»Auch Thal kam an den Tisch und setzte sich neben Tidor.

»Es dauert halt eine Weile, bis wir in Windport sind«, sagte er und schaute zu Giliors Vater, »da du dich ja immer geweigert hast, einen offenen Spiegel ins Haus zu holen, der uns schneller ans Ziel bringen würde.«

Giliors Vater wollte antworten, aber Gilior kam ihm zuvor. »Es ist eine Sicherheitsmaßnahme, und mein Vater hat gut daran getan, darauf zu bestehen! Schließlich gehen aus unserer Familie die Schützer hervor. Das passt nicht jedem, und so ein Spiegel ist ja für Freund und Feind gleichermaßen zugänglich. Also wäre die Familie mit so einem offenen Spiegel im Haus völlig schutzlos und könnte jederzeit angegriffen werden!«

Sein Vater schaute ihn überrascht an, während Thal mit den Schultern zuckte. »Vielleicht ...«

Gilior ließ sich nach seiner Rede nur noch wenig Zeit mit dem Frühstück. Er vertraute darauf, dass die Hausgeister ihnen eine Wegzehrung richteten. Den Rest seines Tees trank er im

Stehen und wandte sich danach an Alaris. »Du bist schon startklar?«

Alaris nickte. »Meine Tasche steht draußen im Foyer.«

»Dann gehe ich jetzt meine Sachen holen.«

Gilior lief zu seinem Zimmer im Obergeschoss. Auf dem Bett lag eine große Umhängetasche mit ein paar Kleidungsstücken und Waschzeug. Nichts, das er wirklich brauchte, fehlte, außer dem Beutel mit seinem Vorrat an Spiegelglas. Dieser befand sich in einem Geheimfach seines Sekretärs.

Er holte das Säckchen dort heraus – es waren sicher an die hundert Spiegelscheiben darin – und verbarg es zwischen den anderen Sachen in der Umhängetasche. Danach ging er wieder nach unten ins Frühstückszimmer.

»So, ich bin so weit!«, sagte er und trat auf seine Mutter zu, um sie zum Abschied zu umarmen. Bei seinem Vater wagte er das nicht, und so verneigte er sich nur. Als Gilior aber danach seinen Stab greifen wollte, um mit den anderen ins Foyer hinauszugehen, hielt sein Vater ihn überraschend zurück.

Er gab ihm einen prallgefüllten Beutel voll Münzen. »Die wirst du jetzt brauchen können.« Einen winzigen Moment lang zögerte er, dann zog er Gilior an sich und umarmte ihn. »Besuch uns, wenn du kannst, und achte auf dich!«

»Das werde ich, Vater!« Gilior nickte und atmete dann tief durch. Ein warmes Gefühl zog mit einem Mal durch sein Herz. Sein Vater hatte ihm seine Liebe gezeigt, trotz all ihrer Differenzen der letzten Zeit. Es bedeutete Gilior viel! Er lächelte ihm zu und verneigte sich noch einmal. Danach griff er seinen Stab und ging zu den anderen ins Foyer.

Dort hatte sich ein Teil der angereisten Verwandten, die noch eine Weile hierbleiben würden, versammelt, um ihrer Abreise beizuwohnen. Auch Rasnor war unter ihnen, der von nun an seinen Ruhestand hier im Haus verbringen würde.

Rasnor ging auf Gilior zu und überreichte ihm ein dickes, schwarzes Notizbuch. »Das sind meine Aufzeichnungen. Ich habe zu schreiben begonnen, als ich damals zum Schützer wurde. Es hilft dir, dich in deinem Amt zurechtzufinden.«

»Danke! Das wird mir sehr nützlich sein!« Gilior steckte das Buch ein und verbeugte sich vor ihm. »Ich wünsche dir einen wohltuenden Ruhestand!«

»Den werde ich jetzt haben!« Rasnor atmete wie befreit durch und blickte dann zur Haustüre.

Dort standen die Hausgeister in einer Reihe Spalier. Einige von ihnen hielten Tüten in der Hand und als sie merkten, dass die Verabschiedung vorüber war, traten sie vor, um sie den Abreisenden zu überreichen.

Der kleinste von ihnen ging zu Gilior. »Weiches Hausgeisterbrot, so wie du es gern magst, und ein magischer Reisewasserbecher, der sich selbstständig aus der nächstliegenden Quelle bedient. Du kennst das ja ...« Während Gilior die kleine Tüte dankend einsteckte, seufzte der kleine Hausgeist tief auf. »Vergiss uns nicht, Gilior el Raganor!«

Gilior beugte sich ein wenig zu ihm herunter. Er lächelte. »Wie könnte ich die guten Geister dieses Hauses je vergessen, Kiri ...«

Wenig später verließ er, zusammen mit den anderen beiden Schützern und begleitet von Alaris, das Haus.

Während sie durch das Tal in Richtung Wald liefen, blickte Gilior immer wieder einmal zurück auf sein Elternhaus. Weil es von vielen Rosen umgeben war, trug es den Namen Rosehall. Vielleicht würde er es lange nicht mehr sehen, sowenig wie dieses wunderschöne, grüne Tal hier, das zur nahegelegenen Ortschaft Elderdale gehörte. Aber dafür würde er Neues kennenlernen, und darauf freute er sich.

Obwohl die Wege nicht allzu schwierig waren, sodass sie zügig vorwärtskamen, erreichten sie Windport erst gegen Abend. Das große Tor in der Stadtmauer war jedoch noch offen und sie schritten hindurch.

Gilior, der bisher nur selten aus seinem Tal herausgekommen war, kam aus dem Staunen nicht mehr heraus.

Bisher kannte er nur die engen Gassen kleiner Dörfer, die Wälder von Elderdale und den versteckt gelegenen Schwarztannsee sowie das Anwesen seiner Eltern, das zugegeben recht groß und feudal wirkte. Aber hier in Windport gab es noch viel schönere Häuser. Die reich verzierten Fassaden mit den vielen Erkern und Loggien schimmerten im sanften Licht der Straßenlaternen und auch, wenn Gilior keine Gärten zwischen den aneinandergereihten Bauten entdeckte, so erschien ihm die Stadt doch großartig. Allerdings hätte er sich trotz der abendlichen Stunde zumindest noch ein bisschen Betriebsamkeit erwartet, nicht eine solche Totenstille. Ob hier alle schon schliefen? Wenn ja, dann gingen sie hier wohl sehr früh zu Bett.

Thal und Tidor sahen sich immer wieder an und schüttelten den Kopf. Auch Alaris schien sich auf einmal nicht mehr so recht wohlzufühlen.

»Irgendetwas stimmt nicht«, wisperte er Gilior zu. »Es ist zu still.«

Sie liefen jetzt über den Marktplatz, schauten in jede Gasse hinein, die in Abständen rechts und links von dem Platz abging. Aber sie sahen niemanden, der noch unterwegs war und die Tavernen schienen alle schon geschlossen zu haben.

Tidor nickte. »Ja, da stimmt etwas nicht.« Er wandte sich an Gilior. »Normalerweise sind hier auch abends noch viele Leute unterwegs. Man trifft sich in den Kneipen und Tavernen, trinkt etwas und macht zusammen Musik.« Er seufzte. »Sehen wir zu, dass wir schnellstens ins Schloss kommen.«

Sie beschleunigten ihre Schritte, ließen den Marktplatz hinter sich und folgten der gepflasterten Straße bis zu einem schmalen und steilen, immer wieder von Treppenstufen unterbrochenen Weg. Der Pfad führte zu dem Berg hinauf, auf dem hoch oben Teramoon aufragte, das Schloss der Elfenkönigin.

Alaris schnaufte bereits heftig.

Thal sah ihn von der Seite her an. »Vielleicht solltest du ein bisschen weniger Suppe essen und dafür öfter diesen Berg rauf und runter laufen ...«

Alaris schüttelte den Kopf. »Zu einem Suppenkoch gehört ein Bauch, wie ich ihn hab, sonst glaubt man ihm nicht, dass er gut kochen kann. Aber du kannst davon ausgehen, dass ich trotz meiner Leibesfülle mit dir ohne Unterbrechung bis zum Eisgebirge der Schneedämonen laufe, wenn es sein muss. Mach dir also keine Sorgen um mich!«

»Wieso ausgerechnet zu den Schneedämonen?«, fragte Tidor.

»Es ist ein weiter Weg.«

»Hm ... Hast du schon einmal einen Schneedämon gesehen?«

»Nein!« Alaris blieb jetzt stehen. »Bezweckst du etwas Bestimmtes?«

Tidor lachte gutmütig. »Nein, ich wollte mich nur mit dir unterhalten.«

»Dann komm später in meine Suppenküche, dort habe ich mehr Atem dafür ...«

Gilior hatte schweigend zugehört und nicht gesagt, dass er schon einmal eine Schneedämonin kennengelernt hatte, genauer gesagt, sogar zwei. Vor gut einem halben Jahr waren diese in eine gefährliche Situation geraten und er hatte sie gerettet. Außer Alaris wusste niemand davon, und er wollte es auch weiterhin für sich behalten, denn Begegnungen mit Schneedämonen galten unter Elfen als böses Omen für alles Mögliche. Er verstand das überhaupt nicht. Die beiden hatten sich nicht anders verhalten als junge Elfen, und ihre Berührung hatte ihn auch nicht erstarren lassen, wie es immer hieß. Dabei war er den beiden sogar sehr nah gekommen, vor allem der einen: Jevera. Gilior hob automatisch die Hand an seine Wange, in Erinnerung an den Kuss, den sie ihm zum Abschied gegeben hatte. Sein Herz zog sich sehnsüchtig zusammen, als er an sie dachte, aber es war hoffnungslos. Vermutlich würde er sie nie wiedersehen.

Sie stiegen jetzt den Berg immer höher hinauf. Keiner blieb stehen, um auszuschnaufen, aber sie mussten jetzt sehr auf den Untergrund achten, damit sie nicht rutschten. Es schien hier vor Kurzem geregnet zu haben. Der Boden und die Steinstufen waren nass, und von den Blättern der Sträucher und Bäume tropfte immer wieder Regenwasser auf ihre Köpfe. Gilior fragte sich, ob die niederdrückende Atmosphäre, die er hier empfand, wohl immer so war. Diese Schwere, die in der Luft lag, hatte jedenfalls nichts mit dem Wetter zu tun, es musste an etwas anderem liegen. Er wollte gerade fragen, da hörte er Töne, der ihm einen eiskalten Schauer über den Rücken jagten.

Giliors Schritt stockte. »Um Himmels willen, was ist das?«

Auch seine Begleiter blieben wie angewurzelt stehen.

»Eine Banshee ...«, flüsterte Alaris und hob vor Entsetzen die Hände vor den Mund.

Tidor schaute erschrocken zu Thal. »Jetzt wissen wir, warum wir gerufen wurden!« Er wandte sich an Gilior und legte ihm die Hand auf die Schulter. »Kleiner, es tut mir wirklich leid für dich, aber einen geruhsamen Einstieg in dein Amt wirst du wohl kaum bekommen. Uns allen stehen jetzt schwere Zeiten bevor ...«

3. Ruf der Banshee

Dass Tidor ihn »Kleiner« genannt hatte, nahm Gilior ihm nicht übel. Ihm war klar, dass das nicht abfällig gemeint war. Noch schneller als zuvor stieg er mit seinen Begleitern den Berg hinauf und machte nicht halt, bis sie vor dem Gebirgspass standen, der über einen tiefen Abgrund hinweg nach Teramoon führte, dem Schloss der Elfenkönigin.

Hier oben klang das Jammern und Heulen der Banshee noch grauenvoller. Aber die Geisterfrau selbst war nicht zu sehen.

Alaris griff nach Giliors Arm. »Wenn ich in meiner Suppenküche bin, werde ich mich umhören, was sich während meiner Abwesenheit ereignet hat und dir, wenn möglich, Bescheid geben. Aber ich bin mir schon jetzt ziemlich sicher, dass es die Teramoon-Banshee ist, die da heult.« Er hob die Hände vor den Mund, als ob er verhindern wollte, dass ihm die nächsten Worte herausrutschten. »Das bedeutet dann wohl, dass unsere Königin bald sterben wird. Herrje! Loron wird schon alles vorbereiten, der wartet doch schon lang darauf, dass seine Stunde kommt.«

»Ja, Banshees kündigen den Tod an, und das ist kein guter Einstand für mich. Aber wer ist Loron?«, fragte Gilior.

»Der Stellvertreter unserer Königin. Du solltest vorsichtig mit ihm sein!«

Tidor, der das Gespräch mitbekommen hatte, sah Alaris überrascht an. »Weißt du etwas über Loron?«

Alaris zuckte mit den Schultern. »Eigentlich nichts Konkretes. Ich mag ihn nicht, er ist aalglatt. In der Küche wird gemunkelt, dass er zusammen mit den Feuerstreitern etwas ausheckt.«

»Hm ...« Tidor ging nicht weiter darauf ein, sondern gab das Zeichen, dass sie weitergehen sollten.

Während sie nun über den Pass gingen, der wie eine lange Brücke wirkte, schwiegen sie, zum einen, weil kein Geländer da war, das sie vor einem Absturz schützte und sie auf ihre Schritte aufpassen mussten, zum anderen, weil jeder mit eigenen Gedanken beschäftigt war. Gilior wurde das Herz immer schwerer. Er hatte sich auf die Begegnung mit der Elfenkönigin gefreut, aber unter diesen Umständen! Wie sollte er sich ihr gegenüber verhalten? Nach einer Weile, die Gilior schier endlos schien, erreichten sie die Zugbrücke, die ins Schloss hineinführte. Sie war noch herabgelassen und das Tor dahinter offen.

»Es ist, weil wir erwartet werden«, erklärte ihm Thal.

Sie marschierten über die Zugbrücke, vorbei an Elfen, die mit Pfeil und Bogen bewaffnet waren, und standen kurz darauf im Schlosshof. Dort verabschiedeten sie sich von Alaris, der gleich zum Küchentrakt gehen wollte, wo er auch sein Zimmer hatte.

»Ich werde erfahren, wo sie dich unterbringen, dann komme ich dich besuchen«, wisperte Alaris, als er Gilior zum Abschied umarmte.

Gilior sah ihm nach, wie er wegging und er fühlte sich auf einmal wie verlassen. Aber er ließ sich nichts anmerken. Hinter ihm wurde die Zugbrücke hochgezogen. Das ratternde Geräusch klang zu dem grauenvollen Gesang der Banshee schaurig in seinen Ohren, es ging ihm durch Mark und Bein. Er war richtig erleichtert, als Tidor und Thal ihn nun rasch mit sich zogen, auf den Haupteingang des Schlosses zu, zu dem viele Stufen hinaufführten.

Das große, reichverzierte Portal wurde wie die Zugbrücke von bewaffneten Elfen bewacht, deren helle Kleidung darauf hinwies, dass sie zum persönlichen Hofstaat der Königin zählten. Als Gilior mit seinen Gefährten die Treppen hochstieg, verneigten sie sich und einer öffnete ihnen oben das Tor.

Wenig später lief Gilior mit seinen Begleitern durch einen langen Flur, in dem rechts und links wandhohe Spiegel und kostbare Gemälde hingen.

»Durch die magischen Spiegel gelangt man in alle Bereiche des Schlosses, sie führen in die

Seitentrakte und in alle Stockwerke. So spart man Wege«, erklärte Thal.

»Ja, aber solange man sich im Schloss noch nicht auskennt, kann man sich auch verirren«, warnte Tidor.

Gilior nickte nur. Seit sie hier liefen, war ihm der Hals wie zugeschnürt, und sein Herz klopfte schnell. Er hatte alle Mühe, sich nicht anmerken zu lassen, wie unwohl er sich fühlte, zumal er auch hier noch das Jammern der Banshee hörte, wenn auch ein wenig leiser.

»Die Atmosphäre hier verändert sich, spürst du das?«, fragte Tidor leise und schaute zu Thal.

Der seufzte. »Ja, die Dunkelzeit kündigt sich an.«

Gilior wusste, was die Dunkelzeit war. Sie begann, wenn die Elfenkönigin in die Geisterlinde eintrat, um zu ihren Ahnen zu gehen, und bezeichnete die Zeit, die es dauerte, bis eine neue Königin geboren war und den Thron bestieg. Während dieser Zeit regierte der Stellvertreter, und nach dem zu urteilen, was er bisher über diese Zeit gelesen hatte, lief dabei nicht immer alles glatt. In der Vergangenheit hatte es immer wieder während der Dunkelzeit Machtkämpfe gegeben, teils blutige Schlachten, die viele Opfer gefordert hatten. Die einende Kraft der Elfenkönigin fehlte in solchen Zeitspannen und das brachte den Frieden Anderwelts in große Gefahr. Auch für die Schützer galt das als unsichere Zeit.

Ihre Schritte hallten in dem hohen Flur, der jetzt nach links abbog.

Das Heulen der Banshee hatte aufgehört, aber Gilior fühlte sich dennoch nicht besser.

Thal schaute ihn von der Seite her an. Gilior straffte seine Schultern. Er musste sich zusammennehmen, schließlich war er der neue Schützer der magischen Quelle. Auch, wenn er keine Erfahrung hatte, und sicher in den Augen von Tidor und Thal noch zu jung für das Amt war, er stand ihnen gleich. Die goldene Schlange hatte ihn erwählt, bestimmt nicht ohne Grund. Er würde alles bewältigen, was immer auch auf ihn zukam!

»Wenn wir nachher unter uns sind, müsst ihr mir etwas über unsere Aufgabe während der Dunkelzeit erzählen!«, forderte Gilior.

»Da gibt es nicht viel zu erzählen«, erwiderte Thal. »Wir haben selbst noch keine Dunkelzeit erlebt. Die kommt ja nur etwa alle vierhundert Jahre, wenn sich das Leben der Elfenkönigin dem Ende zuneigt. Aber Tera wird uns sicher Hinweise geben, die Königin ist uns gegenüber als Einzige weisungsberechtigt.«

Sie erreichten jetzt eine große Tür, vor der zwei in Schwarz gekleidete Elfen standen. Die Farbe ihrer Kleidung deutete darauf hin, dass sie zum engeren Kreis des Stellvertreters Loron gehörten. Sie hielten lange Stäbe in den Händen, deren oberer Teil mit geschnitzten Efeuranken verziert waren. Beide Elfen wirkten ein wenig hochnäsig, aber sie neigten den Kopf vor den Ankömmlingen.

»Der Stellvertreter erwartet euch«, erklärte der eine und betrachtete Gilior von Kopf bis Fuß. »Wie heißt euer Neuer?«

Thal wollte antworten, aber Gilior kam ihm zuvor.

»Mein Name ist Gilior el Raganor, Schützer der magischen Quelle«, erwiderte er und drückte seinen Rücken durch.

Der Lakai neigte noch einmal wortlos den Kopf, dann öffnete er die Tür, um sie anzukündigen. »Mein Herr Loron! Die Schützer sind angekommen, Thal und Tidor el Raganor mit dem neuen Schützer der magischen Quelle, dessen Name Gilior el Raganor ist.«

»Sie mögen vortreten!«

Die klare Stimme, die aus der Tiefe des Raums kam, klang emotionslos, fast hart, und als der Bedienstete beiseitetrat, um sie vorzulassen, sah Gilior auch, zu wem sie gehörte. Der Mann war großgewachsen, sehr schlank und in ein schwarzes langes Gewand gekleidet, das an den Säumen mit Bordüren aus Goldfäden bestickt war. Das dunkle, lange Haar trug er offen, es reichte ihm bis zur Brust. Er saß lässig auf dem hochlehnigen Stuhl, der auf einem Podest an der hinteren Wand stand und zu dem drei Stufen hinaufführten. *Das ist der Audienzsaal der Königin*, schoss es Gilior durch den Kopf. Die hohe Lehne des Stuhls trug Verzierungen, die einer Elfenkrone nachempfunden waren. Der ganze Raum strahlte Erhabenheit aus, Licht, Frieden und Wärme. Nur der Mann, der dort saß, störte den Gesamteindruck. Gilior empfand sofort Abneigung gegen ihn, umso stärker, je näher sie traten. Lorons wässrigblaue Augen blickten stechend, sein Gesichtsausdruck wirkte dagegen fast gelangweilt. Das war kein Mann, der seine Karten offen auf den Tisch legte! Als sie vor ihm standen, verneigte sich Gilior dennoch so ehrerbietig wie seine Begleiter.

Loron neigte nur andeutungsweise den Kopf. »Die Königin ist schon in ihren Gemächern, sie fühlte sich nicht wohl und bittet euch deshalb erst morgen um eure Aufwartung.« Sein Blick flog abschätzig über Gilior. »Noch sehr jung, der Neue ... Sein Zimmer ist neben euren, es ist dasselbe, das Rasnor zuvor hatte. Geht aber mit ihm erst noch zur Kleiderkammer! Lasst ihm Hose, Stiefel und ein Wams geben, damit er morgen wenigstens anständig gekleidet vor unsere Königin tritt.«

Tidor und Thal verneigten sich, zum Zeichen, dass sie verstanden hatten.

Gilior tat es ihnen gleich, obwohl er innerlich kochte. Musste er sich hier etwa herausputzen wie ein Pfau?

Als sie wieder draußen im Flur waren und die Tür hinter ihnen ins Schloss fiel, holte er tief Luft, um seinem Unmut mit drastischen Worten Ausdruck zu verleihen.

Aber Tidor hielt ihm den Mund zu und zog ihn mit sich. »Sei still! Wenn du nachher allein bist, kannst du schimpfen, soviel du willst, aber nicht hier und nicht jetzt!« Er ließ Gilior los und sah ihn an. »Im Grunde hat Loron recht, du trägst noch die Kleidung der Jugend unter deinem Mantel. Aber jetzt bist du ein Mann und musst auch so erscheinen. Das fordert schon dein Amt von dir.« Tidor grinste, als er Giliors düsteren

Blick bemerkte. »Keine Sorge, es müssen ja keine Spitzenhemden sein!«

Sie liefen den Flur zurück bis zum dritten Spiegel nach dem Haupteingang.

Tidor streckte seinen Arm durch die reflektierende Fläche hindurch. »Siehst du, du kannst einfach hineingehen. Du musst nur einen Schritt machen, so als wenn du eine Stufe hinaufsteigst.« Er machte es vor, und Tidors Fuß verschwand im Spiegel. Er zog ihn wieder zurück. »Geh hindurch, dann im Spiegelgang rechts bis zu der Tür, auf der ein Wappen mit zwei gekreuzten Schlüsseln aufgemalt ist. Dort gehst du hinein und wartest im Flur auf uns!«

»Gut!« Gilior nickte und trat durch den Spiegel. Es fühlte sich an, als ob er durch feuchte Nebel hindurchging, ganz anders, als er es von seinen Spiegelsplittern gewohnt war. Aber der lange Geheimgang, in dem er sich danach befand, sah nicht viel anders aus als in seinem persönlichen Versteck. Dieser hier war genauso schmal und hoch, mit grob gemauerten Wänden. In regelmäßigen Abständen gab es Türen, daneben Licht-fackeln, deren flackernder Schein eine schumm-rige Beleuchtung schufen. Gilior entdeckte zudem kleine Nischen, deren Funktion sich ihm allerdings nicht erschloss.

Die richtige Tür fand er jedoch schnell. Er öff-nete sie und gelangte in eine große, nur spärlich beleuchtete Halle. Dort wartete er. Aber es dau-erte nicht lange, da stießen Tidor und Thal schon zu ihm.

»Eine einfache Art, von einem Ort zum ande-ren zu gelangen, nicht wahr?«, fragte Tidor.

»Ja, durchaus.« Gilior überlegte. »Kommt man so auch aus dem Schloss heraus, zum Beispiel runter zur Stadt?«

Thal schüttelte den Kopf. »Früher ja, aber jetzt ist der Teil des Spiegelgangs, in dem die Tür war, die in die Stadt führte, nur noch eine Ruine. Der Spiegel, durch den man zu diesem Gang gelangte, wurde vor einiger Zeit entfernt, weil es zu gefähr-lich wurde. Er steht jetzt gut eingepackt oben im Turm im Raum der Vergangenheit.«

»Hm ... und wie gelangen dann die Vorräte ins Schloss?«

»Derzeit per Seilwinde«, antwortete Thal. »Die Hausgeister ziehen alle Waren, die gebraucht werden, in Fässern rauf.«

Sicher ganz schön anstrengend für die Hausgeister, dachte Gilior, während er nun mit Thal und Tidor an der linken Wand der Halle entlanglief. Vor einer Tür, die mit einer geschnitzten Schere markiert war, blieben sie stehen.

»Wir sind da«, sagte Tidor und klopfte an.

Drinnen klangen trippelnde Schritte und gleich darauf ging die Tür einen Spalt breit auf. Ein etwas griesgrämiger Hausgeist, der ein Maßband um den Hals trug, streckte den Kopf heraus. »Ah, ihr seid es! Loron hat mich wegen euch aus dem Bett geklingelt. Ziemlich spät noch für einen Einkleidetermin, will ich meinen.«

Er öffnete die Tür ganz und ließ sie alle drei eintreten. Gilior schaute sich in dem Raum um. Überall lagen oder hingen Kleidungsstücke, er sah Frauenkleider in allen Größen, aber auch

Männerhosen, Hemden, Wamse und viele Schuhe. Vor dem Fenster stand ein großer Tisch mit Stücken, an denen wohl gerade genäht wurde, daneben ein weiterer Tisch mit Gerätschaften, die auf das Schuhhandwerk schließen ließen.

Der Hausgeist stützte seine Arme auf die Hüften und sah seine Besucher an. »Ich nehme an, der junge Herr in eurer Mitte soll eingekleidet werden.« Er begann umgehend, an Gilior Maß zu nehmen. »Was willst du haben? Etwas mit Spitze? Brokat?«

»Bloß nicht!«, wehrte Gilior ab. »So einfach und schlicht wie möglich, und wenn es geht, wenigstens ein klein bisschen bequem.«

»Hm, bist du sicher?«

»Absolut!«

Der kleine Hausgeist schaute zu ihm hoch und betrachtete ihn. »Ein Geck bist du also nicht. Das ist gut! Ein Schützer muss zwar anständig gekleidet sein, aber Samt und Seide kann er getrost anderen überlassen.« Sein Blick flog zu Thal. »Nicht wahr?«

»Du kannst einem aber auch jeden Spaß verderben«, antwortete dieser gutgelaunt und strich über das mit silbernen Efeuranken bestickte Wams, das er unter dem Schützermantel trug.

Der Hausgeist winkte ab und zerrte Gilior mit sich.

»Mal sehen, was wir für dich haben.« Aus einem am Boden aufgeschichtetem Stapel Hosen zog er eine heraus. »Arme ausstrecken!« Er warf sie Gilior zu und ging dann zu den Hemden, die vor der Wand auf dem niedrigen, langgestreckten Tisch lagen. Dort zog er aus dem Stapel ein einfaches, grünes Schnürhemd heraus und klatschte es auf die Hose, die Gilior bereits hielt. Danach schleppte er ihn zu den Tuniken und wenig später lag über Giliors Armen noch eine Ledertunika mit halben Ärmeln. Einen Gürtel warf der Hausgeist auch gleich obenauf. Danach wollte er Giliors Füße sehen, was beinahe dazu geführt hätte, dass Gilior das Gleichgewicht verlor.

»Arg standfest bist du noch nicht, aber das wird schon ...« Der Hausgeist grinste und legte dann noch ein Paar kniehohe Stiefel auf den Kleider-packen. »So, jetzt geh anprobieren.«

Er wies auf eine Ecke, die mit einem Vorhang vom übrigen Raum abgetrennt war. Wenig später kam Gilior in seiner neuen Tracht hinter dem Vor-hang wieder hervor. Alles passte wie für ihn gemacht, und wider Erwarten fühlte er sich mit dieser Kleidung sogar wohl. Die Hose war weich und die hüftlange Ledertunika saß wie angegos-sen und gab ihm doch durch die seitlichen, den hinteren und den vorderen Schlitz genug Bewe-gungsfreiheit. Selbst die Stiefel waren bequem. Die Blicke, mit denen ihn Thal und Tidor anschauten, machten ihm zudem klar, dass er jetzt wirklich wie ein erwachsener Elf aussah. Der Hausgeist packte Gilior noch eine Kleidergarnitur zum Wechseln auf die Arme, dann verneigte er sich vor ihm. »Jetzt bist du wirklich ein Schützer, zumindest schon mal dem Äußerem nach und wenn du den Mantel wieder anhast.«

»Danke!« Auch Gilior verneigte sich vor ihm. »Du hast gut gewählt und dabei trotz der späten

Stunde sogar die Farben der Raganor berücksichtigt.«

Gilior nahm noch seine alten Sachen auf und packte sie auf den Stapel mit der Wechselkleidung, dann wünschten sie dem Hausgeist eine gute Nacht und gingen.

Wieder traten sie danach durch einen Spiegel, durch den sie diesmal zu dem Flur gelangten, auf dem ihre Zimmer lagen. Sie mussten bis ganz ans Ende gehen, zu den drei letzten Türen auf der rechten Seite.

Es war mittlerweile spät geworden. Gilior spürte die Müdigkeit in allen Gliedern. Auch Tidor und Thal konnten die Augen kaum noch offen halten. Sie zeigten ihm daher nur noch sein Zimmer, das zwischen ihren eigenen lag, und wünschten ihm eine gute Nacht, Danach gingen auch sie schlafen.

4. Der Mann mit den Lavahänden

Am nächsten Morgen wachte Gilior wie gewohnt früh auf, aber er brauchte eine Weile, bis er begriff, wo er war.

Er stand auf und ging zum Fenster. Eine Weile sah er hinunter auf den Schlosshof und die noch geschlossene Zugbrücke. Wie gerne wäre er jetzt eine Strecke gelaufen, wie er es zuhause immer tat, aber er kannte sich hier noch nicht aus, und vielleicht kam er hier sowieso nicht heraus, solange das Schloss abgeriegelt war. Er seufzte und wandte sich vom Fenster ab. Selbst sein Zimmer erschien ihm heute Morgen wie ein Gefängnis. Es wirkte längst nicht so hell und freundlich wie zuhause. Das schwere Mahagoni-bett und die wuchtige Truhe, in die er gestern seine Kleidung hineingeräumt hatte, dominierten den kleinen Raum. Daneben gab es nur noch einen Waschtisch mit einem Krug voll Wasser und einer Waschschüssel nebst Waschzeug darauf, sowie einen einfachen Tisch, auf dem ein Tintenfass und Schreibfedern lagen. Zwei Stühle standen davor.

Gilior ging zum Waschtisch, goss ein wenig Wasser in die Schüssel hinein und wusch sich. Danach kleidete er sich an. Vor dem wandhohen Spiegel – durch dessen Glas man ausnahmsweise nicht hindurchgehen konnte – überprüfte er, ob alles ordentlich saß, und fuhr sich danach noch mit dem Hornkamm durch sein langes dunkelblondes Haar. Aber auf einmal sank sein Arm herab.

»Wer bist du?«, fragte er sein Spiegelbild. Er empfand den Anblick seiner selbst im Augenblick genauso fremd wie dieses Schloss hier und sein Zimmer. Vielleicht lag es an der ledernen Tunika, die ihn um einiges erwachsener aussehen ließ.

Du bist Gilior el Raganor, Schützer der magischen Quelle, und die wirst mit deiner Aufgabe wachsen, klang es in seinem Kopf. Gilior wusste nicht, ob es seine eigenen Gedanken waren oder ob vielleicht die goldene Schlange zu ihm gesprochen hatte, aber es war auch egal. Er atmete durch. Irgendwie würde er sich schon in alles einfinden.

Noch immer blieb es im Schloss verhältnismäßig ruhig. Vermutlich waren höchstens die Hausgeister schon wach und diese werkelten wohl drüben im Küchentrakt. Gilior ging noch einmal ans Fenster, schaute zum Himmel. Die Sonne ging frühestens in einer halben Stunde auf. Er hatte also noch viel Zeit, ehe die Elfenkönigin ihn zusammen mit Tidor und Thal zur Audienz rief, und ein Frühstück bekam er jetzt wohl auch noch nicht. Außerdem hatte er keine Ahnung, wo der Frühstücksraum war, und musste warten, bis Tidor ihn abholte. Gilior seufzte. Was sollte er mit seiner Zeit anfangen, wenn er nicht rausgehen konnte, um zu laufen? Er mochte nicht hier sitzen und nichts tun. Das Buch mit den Aufzeichnungen von Rasnor fiel ihm ein. Aber er wusste schon jetzt, dass er nicht die nötige Ruhe in sich trug, um darin zu lesen. Er brauchte morgens einfach körperliche Bewegung, erst dann fühlte er sich fit genug für anderes. Ob er auf eigene Faust das Schloss erkunden sollte? Wie die Spiegel funktionierten, wusste er ja immerhin.

Gilior wandte sich vom Fenster ab, ging zum Ausgang und lauschte. Nichts war zu hören. Er öffnete die Tür einen Spalt breit und schaute hinaus auf den Flur. Die magischen Lichter in den Wandkandelabern brannten, verbreiteten ein schummriges Licht, aber zu sehen war niemand. Vielleicht sollte er erst einmal den Flur entlanggehen, denn vorne schien links um die Ecke ein weiterer Gang abzubiegen. Gilior ging aus seinem Zimmer heraus und zog leise die Tür hinter sich zu. Während er den Flur entlang lief, studierte er die Zeichen auf den Türen. Sie gaben scheinbar immer einen Hinweis, was sich dahinter verbarg. Die Räume der Schützer waren alle mit einem langen Stab gekennzeichnet, dessen knaufartige Spitze die Farben der Schützerringe wiedergab. Giliors eigenes Zimmer wurde durch einen Stab mit blauem Knauf markiert. Er konnte es also nicht verfehlen. An weiteren Zimmereingängen waren Wappen angebracht. Hier wurden wohl hochgestellte Elfen oder Zwerge untergebracht, wenn sie im Schloss weilten.

Gilior erreichte das Ende des Flurs und schaute um die Ecke. Auch hier gab es einen langen Gang, der unten noch einmal um eine Ecke führte. Er sah jedoch keine Spiegel, sondern nur Zimmertüren.

Neugierig ging er an der Wand entlang, um zu schauen, welche Zeichen sich an den Türen befanden. Aber er hatte kaum ein paar Schritte getan, da ging eine der unteren Zimmertüren auf. Gilior hörte zwei Männer miteinander reden. Die eine Stimme kannte er. Der Mann sprach klar, emotionslos, wenn auch leise. *Loron, der Stellvertreter*, dachte Gilior erschrocken und hatte im selben Moment das Gefühl, dass es nicht gut war, gesehen zu werden. Schnell huschte er zurück und um die Ecke. Aber dann blieb er wie angewurzelt stehen. Gilior glaubte, das Wort *Schützer* gehört zu haben, und es hatte nicht gerade freundlich geklungen. Mit wem sprach

Loron da? Vorsichtig schaute Gilior um die Ecke. In der halboffenen Tür sah er einen Mann, der mit dem Rücken zu ihm stand. Er war großgewachsen, hatte breite Schultern und war von Kopf bis Fuß in eine Rüstung aus Eisen gehüllt. Nein, nicht von Kopf bis Fuß! Seine Füße waren nackt, sahen aus wie narbiges rotes Leder. Gilior erschrak vollends, als er die Hände des Mannes sah. Sie wirkten wie bewegte, feurige Lava.

»Geh jetzt!«, hörte er Loron wispern. »Und pass auf, dass du nicht gesehen wirst!«

Der Mann neigte den Kopf. Dann drehte er sich in Giliors Richtung, um zu gehen.

Gilior schreckte zurück, drückte sich an die Wand. Er hörte, wie der Mann mit schweren Schritten näher kam. Giliors Gedanken rasten. Er würde es nicht unbemerkt in sein Zimmer schaffen! Er brauchte ein Versteck! Jetzt gleich! Sein Blick fiel auf den Spiegel, der gegenüber an der Wand hing. Waren sie nicht gestern dort herausgekommen? Ohne weiter zu überlegen, lief er hinüber und sprang durch den Spiegel. Er atmete auf, als er den steinernen Gang mit den vielen Türen erkannte. Dann fiel ihm etwas ein. Was, wenn dieses Ungeheuer denselben Spiegel nahm? Was, wenn er aus einer der anderen Spiegeltüren in diesen Geheimgang trat und ihn sah? Mit klopfendem Herzen schaute sich Gilior um. Ein Stück weiter unten entdeckte er eine kleine Nische. Ob er sich darin verstecken konnte? Er durfte nicht lange überlegen! Rasch lief er darauf zu, kauerte sich in dem Halbrund auf den Boden. Aber das war vielleicht keine so gute Idee gewesen! Ein Licht blitzte auf. Gilior fühlte sich emporgehoben, und im nächsten Augenblick befand er sich schon in einem anderen Spiegelgang. Er erkannte es daran, dass die Türen anders angeordnet waren, obwohl er noch immer in der Nische stand.

Vorsichtig streckte er den Kopf heraus. Rechts, einige Türen weiter, blitzte es hell auf. Dann erblickte er den Mann mit den Lavahänden. Zielstrebig ging dieser auf eine der Türen zu und verschwand dahinter. Gilior atmete auf.

Einen Augenblick lang blieb er noch reglos stehen. Dann trat er aus seiner Nische heraus und schlich sich zu der Tür, hinter der dieses gruselige Wesen verschwunden war. Er studierte das Zeichen, mit der sie markiert war: ein nach links hin offener Kreis mit Uhrzeigern darin. Ein Symbol für die Vergangenheit, dachte Gilior und überlegte. Bestimmt lag hinter dieser Tür der Raum der Vergangenheit. Hatte Thal nicht gestern gesagt, dass dort der Spiegel aufbewahrt wurde, durch den man zur Stadt gelangen konnte? Vielleicht war der magische Weg doch nicht so zerstört, wie es geheißen hatte. Vielleicht diente er einfach nur als Geheimweg für Leute, die im Schloss nichts zu suchen hatten, denn die Unterredung, die Loron mit diesem Ungeheuer geführt hatte, war garantiert nicht offiziell gewesen.

Gilior atmete tief durch. Irgendetwas war hier im Busch! Er musste unbedingt mit Thal und Tidor über sein Erlebnis reden! Nein, besser nicht! Jedenfalls nicht offen! Er sollte vorsichtig sein! In diesem Schloss gab es sicher Spione.

Aber jetzt musste er sowieso erst einmal wieder zurück.

Die Frage war nur, wie? Ob er einfach wieder in diese Nische gehen sollte? Vielleicht kam er ja so wieder in den anderen Spiegelgang zurück. *Ich versuche es*, dachte er. Mehr als schiefgehen konnte es schließlich nicht.

Gilior lief zu der Nische zurück und kauerte sich hinein. Ein Licht blitzte auf und er fühlte, wie er abwärts gezogen wurde. Also doch! Die Nischen dienten als Verbindung zwischen verschiedenen Stockwerken. Als er festen Boden unter sich fühlte und sich umsah, erkannte er den Spiegelgang, in dem er zuvor gewesen war. Jetzt musste er nur noch zu der Tür gehen, die auf den Flur zu seinem Zimmer führte. Sicherheitshalber öffnete er sie erst einen kleinen Spalt breit und schaute hinaus. Die Sicht wirkte verschwommen, aber die Tür war ja auch in Wirklichkeit ein Spiegel. Niemand zu sehen oder zu hören! Schnell trat er nun ganz hinaus, lief in sein Zimmer und setzte sich aufatmend aufs Bett.

Tidor und Thal holten Gilior erst relativ spät zum Frühstück ab, das sie in einem Raum auf demselben Flur einnahmen, in dem auch ihre Zimmer lagen. Die Tür dort trug eine Markierung aus einem mit einer Gabel gekreuzten Messer. Gilior hatte sie bei seinem Erkundungsgang schon entdeckt gehabt. Hier würden sie alle Mahlzeiten einnehmen, solange sie im Schloss weilten, hatten die beiden erklärt und ihm die Zeiten genannt, weil sie nicht immer gemeinsam dorthin gehen würden.

Während sie am Tisch saßen und aßen, versuchte Gilior an ein paar Informationen zu kommen, um seine Beobachtung vom frühen Morgen besser einschätzen zu können. »Wo wohnt denn der Stellvertreter Loron? Auch hier oben in einem der Zimmer?«

»Wo denkst du hin«, antwortete Thal. »Dieser Trakt ist nur für Gäste. Für jeden Elfenstamm und für die Zwergenstämme sind einige Zimmer reserviert, so wie für uns auch. Loron hat seine Gemächer natürlich im Haupthaus. Es sind viele prunkvolle Zimmer, er hat nämlich seinen eigenen Hofstaat.«

»Was ist mit den anderen Völkern, den Schneedämonen zum Beispiel. Kommen die auch ab und zu hierher?«

»Nun, unsere Elfenkönigin hat wohl Kontakte zu den Schneedämonen, aber ich wüsste nicht, dass schon einmal eines dieser Wesen hier übernachtet hat. Ich hätte da auch große Bedenken, denn immerhin könnte ein Schneedämon mit einem einzigen Blick das ganze Schloss einfrieren. Nein, hier kommen, soweit ich weiß, nur Elfen und Zwerge zu Besuch.«

Dass Schneedämonen alles nur mit einem einzigen Blick einfrieren konnten, hielt Gilior für ein Gerücht. Schließlich hatte er schon mit zwei Schneedämoninnen Bekanntschaft gemacht und war nicht erfroren. Aber das war jetzt unwichtig, er wollte lieber etwas über dieses seltsame Wesen herausfinden, das er heute gesehen hatte. »Schade«, sagte er deshalb, »dass ich so wenig über die anderen Völker im Bilde bin. Eigentlich sollte ich als Schützer doch wissen, mit wem wir unsere Welt teilen.«

»Ja, das solltest du! Also, die Schneedämonen leben sehr zurückgezogen oben im Norden, im Allgemeinen meiden sie die Ländereien von uns Elfen, man sieht sie höchstens mal im Winter. Dann gibt es die Feuerstreiter, ein Volk von Kriegern, das im Vulkangebiet des Südens wohnt. Mit ihnen hat unsere Königin ein Friedensabkommen geschlossen.« Thal sah zu Tidor. »Ich hoffe, das hält auch über die kommende Dunkelzeit hinweg!«

»Feuerstreiter?«, hakte Gilior nach. »Habt ihr schon einmal einen gesehen? Wie sehen die denn aus?«

Thal verzog das Gesicht. »Oh ja, mit denen hatte ich schon zu tun! Die treten zumeist in Horden auf und wo sie waren, da lassen sie nur verbrannte Erde zurück. Solltest du jemals einem Feuerstreiter begegnen, dann kann ich dir nur zu äußerster Vorsicht raten. Ein falsches Wort und sie zünden dich an.«

»Hm, und wie sehen die Feuerstreiter aus? Sind sie uns ähnlich?«

»Du erkennst sie sofort! Sie sind groß und massig, haben Augen funkelnd wie Feuer. Ihre Hände glühen, es sieht aus, als ob in ihren Adern feurige Lava fließt, und wenn sie aufgeregt sind, dann tropft sogar Glut aus ihren Fingerspitzen. Sie gehen fast immer barfuß, aber ihre Füße sind fürchterlich vernarbt, sehen aus wie rotes Leder. Wenn sie sich im Krieg befinden oder sich darauf vorbereiten, dann tragen sie zudem eiserne Rüstungen, was sie erst recht gefährlich erscheinen lässt.«

Tidor winkte ab.

»Jetzt übertreib nicht! Du weißt, dass deine Beschreibung nur zum Teil richtig ist. Es gibt schließlich auch sehr friedfertige Feuerstreiter, und bei denen glüht absolut nichts, die sehen eher grau wie Asche aus.«

Gilior vergaß fast, sein weiches Brot zu kauen. So einer war also bei Loron gewesen! Ein Feuerstreiter! Einer, der kampfbereit war. Bereitete

Loron einen Krieg vor? Er schluckte hastig sein Brot hinunter und wollte von seiner Beobachtung erzählen, doch da trat ein Hausgeist herein und verbeugte sich vor ihnen.

»Unsere Königin Tera erwartet euch zur Audienz«, sagte er.

Thal spülte seinen letzten Bissen mit Tee hinunter und stand auf. »Dann sollten wir sie nicht warten lassen!«

5. Das Licht der Elfenkönigin

Durch Spiegel und über weite Flure ging Gilior mit Thal und Tidor zum Audienzsaal, in dem sie gestern von Loron empfangen worden waren. Die Elfenkönigin Tera saß auf dem Thron, doch als sie hereintraten, stand sie auf und ging ihnen entgegen. Gilior betrachtete sie unauffällig. Tera trug ein langes, hellblaues Kleid mit einem kunstvoll gearbeiteten Gürtel aus Silber, der ihre schmale Taille betonte. Um ihre Schultern lag ein weiter Mantel. Er hatte dieselbe Farbe wie das Kleid und lief hinten in einer Schleppe aus. Teras helle Haut und die langen flachsblonden Haare schimmerten sanft, aber ihre blauen Augen strahlen regelrecht. Sie schien sich zu freuen, sie zu sehen.

Tera begrüßte sie alle zusammen sehr herzlich. An Gilior blieb ihr Blick hängen. »Du bist also der neue Schützer der magischen Quelle.« Sie seufzte leise. »Ich hätte mir gewünscht, dass dir mehr Zeit bleibt, dich in deine Aufgabe einzufinden.« Tera wies zu einem kleinen Tisch, der seitlich des Raums stand. »Setzen wir uns dorthin.«

Nachdem sie alle Platz genommen und eine Tasse heißen Tee bekommen hatten, ergriff Tera wieder das Wort. »Ich habe euch gerufen, weil die Dunkelzeit bevorsteht. Nicht nur ich, sondern auch das Schlosspersonal und Loron haben in den letzten zwei Nächten die Teramoon-Banshee wahrgenommen. Habt ihr sie auch gehört?«

Thal, der sich als Ältester zum Sprecher machte, neigte den Kopf. »Ja, wir haben sie gehört, als wir kamen. Es tut uns so leid, Tera!«

»Das muss euch nicht leidtun!« Tera lächelte. »Für jeden kommt einmal die Zeit des Abschieds. Ich gehe mit leichtem Herzen, denn es wird wieder eine Elfenkönigin geben, mit eurer Hilfe. Aber wir müssen die Abfolge besprechen, denn schon morgen Abend muss ich alles hinter mir lassen und zur Geisterlinde aufbrechen.«

»Wir werden dich selbstverständlich begleiten, wie es der Brauch ist«, erwiderte Thal.

»Nur zwei von euch werden mich begleiten!«

»Wieso?«, fragte Gilior, der bereits ahnte, dass er derjenige sein würde, der zurückblieb.

Tera griff über den Tisch hinweg nach seiner Hand. »Ich kann dir nicht sagen, warum. Aber meine innere Stimme verlangt das. Als Schützer der magischen Quelle weißt du sicher, wie wichtig es ist, auf seine innere Stimme zu hören.«

Gilior hatte es zwar immer so gehalten, dass er im Zweifelsfall das tat, was ihm sein Bauch riet, aber sein Vater, für den fast ausschließlich der Verstand zählte, hatte ihn dafür immer gescholten. Die Bestätigung, dass er mit seinem bisherigen Handeln richtig lag, tat ihm gut.

Er nickte also, auch wenn er lieber mitgegangen wäre. »Ja, das verstehe ich.«

Tidor und Thal schauten ihn überrascht an, sagten aber nichts. Sie warteten auf Teras weitere Erklärungen.

Tera schaute die beiden an. »Ich möchte, dass ihr mich begleitet und die Rituale an der Geisterlinde ausführt. Das besprechen wir aber am besten in meinen privaten Räumen.« Sie wandte sich wieder an Gilior. »Auch mit dir möchte ich später unter vier Augen sprechen. Naida, mein persönlicher Hausgeist, wird dich abholen und zu mir bringen.« Sie stand auf. »Möchtest du in der Zwischenzeit deinen Cousin Alaris besuchen? Mir wurde gesagt, dass ihr nicht nur Cousins, sondern auch Freunde seid.«

»Das würde ich gerne tun«, erwiderte Gilior. »Aber wie komme ich in den Küchentrakt?«

Tera klatschte die Hände zusammen. »Naida wird dich hinbringen.«

Kurze Zeit später – Tera war mit Tidor und Thal bereits gegangen – kam Naida. Der kleine Hausgeist brachte Gilior hinaus zum Schlosshof und lief von dort aus mit ihm hinüber zur Küche.

»Alaris ist draußen im Kräutergarten«, hieß es dort und Naida deutete daraufhin auf eine offene Tür. Als Gilior sich bei ihr für die Begleitung bedankte, huschte ein Lächeln über ihr Gesicht. Sie verneigte sich, drehte sich dann um und ging fort.

Gilior lief danach in den Kräutergarten hinaus. Ganz am Ende sah er Alaris über ein Beet gebeugt. Sein Cousin schaute erst auf, als Gilior vor ihm stand.

»Gilior!«, rief er überrascht und strahlte. »Du hast mich gefunden! Nicht ganz leicht, in diesem riesigen Gebäude ...«

»Ich hatte Hilfe«, erwiderte Gilior und sah sich um. »Schön hast du es hier. In diesem Garten duftet es fast so gut wie zuhause.«

»Ein bisschen herber, ja. Aber ich bin glücklich hier.« Alaris schaute Gilior forschend an. »Du bist noch nicht ganz angekommen, wie mir scheint. Komm, setzen wir uns dort auf die Bank, und erzähl mir, wie es dir bisher ergangen ist.«

»Da gibt es noch nicht viel zu erzählen. Ich bin durch Spiegel gelaufen und froh, wieder herausgefunden zu haben, und eben war ich bei unserer Elfenkönigin Tera zur Audienz. Später will sie mich noch alleine sprechen.«

Alaris seufzte. »Das Schloss wird allen Glanz verlieren, wenn Tera nicht mehr hier ist.« Er zögerte. »Ich fürchte, dass Loron dann ihre Bediensteten auch wegschicken wird. Es gab ja schon immer Spannungen zwischen Teras und Lorons Hofstaat. Hoffentlich lässt er wenigstens die Hausgeister in Ruhe. Wenn sie fortgingen, wäre das schlimm!«

»Du glaubst, dass es zu Entlassungen kommen wird?«

Alaris zuckte mit den Schultern. »Ist nur so ein Gefühl. Loron ist schwer zu durchschauen, aber ein Freund von Teras Getreuen ist er sicher nicht.« Er straffte den Rücken. »Weißt du schon, wie es für dich weitergeht?«

»Nein. Aber ich nehme an, dass die kommende Dunkelzeit alle Normalität über den Haufen werfen wird, selbst die eines Schützers. Wobei ich aber nicht einmal weiß, was für einen Schützer normal ist.« Der Gedanke an den Feuerstreiter, den er gesehen hatte, blitzte in Giliors Kopf auf. »Vielleicht werde ich kämpfen müssen ...«

»Mit dem Kampfstab kannst du immerhin gut umgehen und dein Schützerstab ist ja auch einer.

Das Schwert sowie Pfeil und Bogen beherrschst du auch. Aber ich hoffe, dass alles friedlich bleibt.« Alaris schwieg einen Augenblick, er wirkte bekümmert. »Ich würde dir so gern helfen. Wir haben uns immer gegenseitig unterstützt!«

»Ich weiß!« Gilior klopfte Alaris auf die Schulter und lenkte dann auf ein weniger emotionales Thema. »Hast du eigentlich schon bemerkt, dass ich jetzt Erwachsenenkleidung trage?«

»Natürlich!« Alaris grinste. »Sie steht dir gut.«

Gilior nickte. »Ist sogar bequemer, als ich erwartet habe. Aber meine kurzen Hosen behalte ich dennoch und sei es nur als Andenken.«

Die Zeit flog dahin. Gilior fühlte sich im Kräutergarten wohl, und dass er hier unbefangen mit Alaris reden konnte, – wenn auch nicht über Themen, die sein Schützerleben berührten –, gab ihm wieder mehr innere Ruhe. Von dem Feuerstreiter, den er gesehen hatte, sagte er nichts, obwohl das sicher nicht der Geheimhaltung unterlag. Er wollte seinen Cousin nicht beunruhigen und sich selbst die gute Stimmung nicht verderben. Er nahm sich aber vor, sobald als möglich mit Tidor und Thal darüber zu reden, und zwar dann, wenn sie alle drei unter sich waren.

Später aß Gilior zusammen mit Alaris zu Mittag. Es gab Suppe – natürlich! Aber sie schmeckte ihm fantastisch gut und sein Lob zauberte Alaris ein Grinsen ins Gesicht, das nicht mehr weichen wollte.

Eine Weile danach kam Naida wieder und holte ihn ab. Die Elfenkönigin Tera wollte jetzt mit ihm sprechen. Gilior verabschiedete sich von Alaris, der jedoch versprach, ihn am Abend in seinem Zimmer zu besuchen.

Naida führte Gilior in ein privates Gemach der Königin. Der Raum sah aus wie eine Bibliothek, aber es gab auch einen zierlichen kleinen Teetisch mit drei Stühlen sowie ein Sofa hier. Tera winkte ihn zu sich an den Tisch.

Als Gilior sich setzte, schenkte sie ihm Tee ein. »Ich hoffe, du magst Rosenblütentee ...«

»Ja, sehr«, erwiderte er höflich.

Tera reichte ihm seine Tasse. Dann nahm sie selbst einen Schluck Tee und sah ihn danach an. »Ich nehme an, du weißt noch nicht allzu viel über deine Aufgabe als Schützer?«

»Nein, nur das, was alle el Raganors wissen. Aber mein Vorgänger hat mir Aufzeichnungen gegeben, die werde ich lesen.«

Tera nickte. »Das ist sicher hilfreich. Aber wie du ja schon mitbekommen hast, werde ich bald nicht mehr hier sein, und dann beginnt die Dunkelzeit. Weder dein Vorgänger noch Thal oder Tidor haben eine solche bereits miterlebt, es ist also für euch alle drei eine Zeit, in der ihr nicht auf Erfahrungen zurückgreifen könnt.«

»Du sprichst sehr sachlich über deinen bevorstehenden Tod«, wunderte sich Gilior.

Tera lächelte. »Die Geisterlinde hat viele Geheimnisse. Eines davon sollst du jetzt erfahren, da du als Schützer dieses Wissen für dich behalten wirst. Ich sterbe nicht, wenn ich dort hineingehe, zumindest nicht sofort. Vielleicht lebe ich sogar noch jahrelang, ehe ich ins Tal der Ahnen gerufen werden, auf jeden Fall aber so lange, bis ihr meine Nachfolgerin erweckt habt. Das ist so, weil ich, wie jede Elfenkönigin vor mir, die Verantwortung für das Licht trage, das den Geist unserer Welt nährt und niemals erlöschen darf. Deshalb hat die Banshee mich zur Geisterlinde gerufen. Nur von dort aus kann ich dafür sorgen, dass dieses Licht zu gegebener Zeit auf meine Nachfolgerin übergehen kann. Du siehst also, es gibt nichts, das des Trauerns wert wäre.«

Gilior erwiderte nichts, neigte nur den Kopf. Aber er dachte bei sich, dass Tera dennoch für alle als tot galt, sobald sich die Geisterlinde hinter ihr verschloss. Sie ging fort und das Licht ging mit ihr.

Er trank einen Schluck Tee, ließ seinen Blick kurz über die Bücherwand schweifen und schaute die Elfenkönigin dann an. »Werde ich dich noch einmal sehen, wenn du morgen Teramoon verlässt?«

Wieder lächelte Tera. »Wie ich heute Morgen schon sagte: Thal und Tidor werden mich zur Linde begleiten. Für dich habe ich eine andere wichtige Aufgabe.« Sie schwieg einen Augenblick. »Was weißt du über die Entstehung unserer Welt?«

»Nun, ich weiß, dass wir in der alten Zeit noch zusammen mit den Menschen in deren Welt lebten. Da man uns aber bekämpfte, legte die damalige Elfenkönigin einen Schleier über die Orte, an denen wir wohnten. Sie nahm diese als Grundlage, um daraus unsere Anderwelt entstehen zu lassen. Seither sind unsere Welten voneinander getrennt.«

»Ja, im Groben ist das richtig.« Tera nickte. »Aber die Anderwelt brauchte Schutz und deshalb gibt es euch Schützer. Tidor bewahrt durch sein Leben den Schleier, der uns verborgen hält und der nicht reißen darf. Thal ist für die stetige Erneuerung unserer Erde zuständig, damit sie uns erhalten bleibt. Sein Zauber kann sogar verbrannte oder verschwundene Landschaften regenerieren. Aber du, Gilior, du bist der Schützer der magischen Quelle. In dir ist die Wirklichkeit von Anderwelt verankert, die gesamte Magie unserer Welt, von der wir uns alle nähren.«

So wirklich verstand Gilior seinen Part noch nicht. »Mein Vorgänger hat gesagt, dass ich herausfinden muss, was das für mich bedeutet«, erwiderte er ein wenig unsicher.

»Du hast dein Leben noch vor dir, Gilior. Ein wahrer Schützer wirst du nicht durch die Wahl der Schlange, die dir das Amt gibt, das wäre zu einfach, sondern du wirst es erst durch dich selbst. Aber wenn du mit der Kraft deines Herzens beobachtest, was um dich herum geschieht, wirst du Anderwelt verstehen. So wird es dir möglich werden, alle, die hier leben, zu stärken.«

Gilior nickte. Was blieb ihm auch anderes übrig, aber das Herz wurde ihm schwer, weil er dachte, dass er vielleicht doch nicht so gut als Schützer geeignet war.

»Ich nehme an, in der Dunkelzeit ist das noch wichtiger als sonst.«

»Das ist wahr.« Tera lächelte. »Und für euch Schützer, die ihr normalerweise voneinander getrennt lebt und wirkt, bricht damit eine Zeit an, in der ihr zusammenarbeiten müsst. Denn ihr habt die Aufgabe, meine Nachfolgerin zu finden, sie zu erwecken und dafür zu sorgen, dass sie den Elfenthron besteigt.«

»Ich habe gehört, dass wir in die Menschenwelt gehen müssen, um dich in einem totgeborenen Menschenkind wiederzuerwecken.«

»Nicht mich, sondern den Geist, den ich unserer Welt bewahre. Ihr müsst auf die Zeichen achten.« Sie lächelte. »Es ist natürlich ein besonderes Kind, das ihr finden müsst, ein Menschenkind mit einer Elfenseele. Eine Elfenseele kann sich im menschlichen Körper nicht fest verankern. Deshalb wird das Kind totgeboren werden.« Tera stand auf, ging zur Bücherwand, öffnete dort ein Geheimfach und nahm ein kleines Buch mit dem Titel »Das Dunkel von Teramoon« sowie ein Kästchen heraus. »Für dich«, sagte sie, als sie wieder Platz nahm, und gab Gilior das

Buch. »Hier steht alles darüber geschrieben. Bedenke aber, dass es dabei um Geheimnisse geht, die du bewahren musst. Lese es bald und verstecke es dann gut!« Sie sah ihn an. »Aber ich will dich auch gleich beruhigen. Sollte dieses Buch durch unglückliche Umstände während der Dunkelzeit doch einmal in falsche Hände geraten, so verteidigt es sich selbst. Niemand außer einem Schützer oder einer Elfenkönigin kann lesen, was auf seinen Seiten geschrieben steht. Es wird auch am Ende der Zeit selbstständig wieder in sein Versteck zurückkehren.«

»Das beruhigt mich jetzt wirklich sehr!« Gilior atmete erleichtert aus. Tera nickte. »Östlich von Windport gibt es eine Höhle, sie liegt im Einsamerfels, den kennst du sicher.«

»Ich habe davon gehört.«

»Wusstest du auch, dass man durch diese Höhle in die Menschenwelt gelangt?«

»Nein«, erwiderte Gilior interessiert.

»Ihr müsst vorsichtig sein. Lasst niemanden wissen, wenn ihr dort hindurchgeht. Es ist möglich, dass Kräfte am Werk sein werden, welche die Geburt der neuen Elfenkönigin verhindern möchten. Wenn das Erfolg hätte, würde unsere Welt zerbrechen und zerstörerischen Mächten wären Tür und Tor geöffnet.« Tera strich mit den Fingern über das Kästchen, das sie auf dem Tisch abgestellt hatte und seufzte leise. Dann öffnete sie den Deckel und schob es zu Gilior. »Das hier ist die einzige, aber auch die wichtigste Hilfe, die ich euch geben kann: der Eisenmann. Ich vertraue ihn dir an!«

»Der Eisenmann? Das ist eine Puppe!« Gilior betrachtete verblüfft die winzige Figur, die auf einem weichen Tuch aus Samt lag.

»Ja, im Augenblick noch. Aber ein bis drei Tage, nachdem die Geisterlinde mich aufgenommen hat, wird er erwachen. Er begleitet euch Schützer durch die Dunkelzeit und hilft euch mit seinen Möglichkeiten.«

»Welche Möglichkeiten sind das?«

»Darüber darf nicht gesprochen werden, es ist eine geheime Sache zwischen Schützern und

Eisenmann. Aber ich will dir erzählen, wie der Eisenmann entstanden ist.« Tera schaute die kleine, nicht einmal daumengroße Puppe liebevoll an und sah dann zu Gilior. »Er ist ein Geschöpf der allerersten Elfenkönigin, die damals noch in der Menschenwelt lebte, während der Zeit der grässlichen Kriege. Bevor sie sich mit den ihren in die Anderwelt zurückzog, formte sie aus der blutgetränkten Erde der Schlachtfelder einen Mann ...«

»... Ah«, unterbrach Gilior ihre Rede, »deshalb hat dieses Püppchen eine so seltsam rotbraune Farbe!«

Tera nickte. »Ja, wegen des vielen Bluts der Gefallenen. Seit seiner Erschaffung gilt der Eisenmann deshalb als Mahner. Aber die erste Elfenkönigin hauchte ihm damals ein ganz besonderes Leben ein. So wurde er zur Stütze derer, welche die Dunkelzeit mit ihren Kämpfen um des Friedens willen überleben müssen. Deshalb dient er den Schützern in einer Zeit, die zwischen der vergangenen und der neuen Elfenkönigin liegt.«

»Also müssen wir uns auf Kämpfe einstellen.«

»Ja, in der ein oder anderen Form werden solche kommen. Jede Dunkelzeit bringt andere Herausforderungen.« Tera deutete zur Schatulle. »Neben dem Eisenmann liegt eine Nadel, siehst du sie?«

»Ja.«

»Er braucht ein paar Tropfen deines Bluts, damit er dich erkennen kann. Stich mit der Nadel in deinen Finger und lass das Blut auf seine Lippen tropfen.«

Gilior fischte die Nadel aus dem Kästchen. »Dann ist der Eisenmann so etwas wie ... ein Blutsauger?«

Tera lachte. »Nein! Aber er wurde aus Blut geschaffen, deshalb braucht er Blut, um seinen aktuellen Herrn zu erkennen.« Gilior stach mit der Nadel in seinen Zeigefinger und hielt ihn über das Gesicht der Puppe. Sein Blut traf nicht nur die Lippen, sondern den ganzen Kopf der kleinen Figur.

»Das macht nichts«, beruhigte Tera.

Als Gilior die Nadel zurücklegte, nahm sie das Püppchen aus seinem Behältnis heraus. Dann holte sie unter dem Tuch, auf dem es gelegen hatte, eine lange Kette mit einem Medaillon hervor, das der Form des Kästchens nachempfunden war, und bettete den Eisenmann dort hinein. Das Kästchen stellte sie wieder fort.

Die Kette mit dem Medaillon legte sie danach Gilior um den Hals. »Trage es ab jetzt immer unter deinem Hemd, solange bis der Eisenmann erwacht. Denke stets daran, dass niemand seinen Schlafplatz entdecken darf. Du bist ab jetzt für ihn verantwortlich, solange, bis er nach der Dunkelzeit wieder schläft und du ihn der neuen Elfenkönigin übergeben kannst.«

Gilior versprach es, und Tera, der die Anstrengung dieser Unterredung ins Gesicht geschrieben stand, gab ihm nur noch kurz die restlichen Instruktionen. Er würde sie nicht mehr sehen, auch nicht morgen während der Abreise zur Geisterlinde. Gilior sollte in der Zeit in seinem Zimmer bleiben. Thal und Tidor würden zu ihm zurückkehren, wenn ihre Aufgabe erfüllt war, damit sie danach gemeinsam aufbrechen konnten, um die neue Königin zu suchen.

6. Aufbruch zur Geisterlinde

Am Abend nach der Unterredung mit der Elfenkönigin, bekam Gilior wie versprochen Besuch von Alaris, der zu seiner Überraschung fast dieselbe Kleidung trug wie er selbst: ein grünes Hemd, lange Hosen mit Stiefeln und eine Tunika aus grün-braun gefärbtem Leder.

»Der Stellvertreter Loron hat mich gezwungen«, erklärte Alaris missmutig. »Ich würde ihn und die Königin beleidigen mit meiner nachlässigen Küchentracht, die er nur den Hausgeistern durchgehen lassen könne, und ich solle gefälligst die Farben der Raganors tragen, wie es sich für mich gezieme.«

In Giliors Kopf schrillten Alarmglocken. Hatte Lorons Anordnung etwas zu bedeuten? Alaris' Bericht weckte Erinnerungen an den Feuerstreiter und an Lorons Stimme, die er gehört hatte. Aber dabei war es um die Schützer gegangen, um Tidor, Thal und ihn selbst. Alaris war kein Schützer! Er war nur sein Cousin und sein Freund! *Mach dich jetzt bloß nicht verrückt*, ermahnte sich Gilior selbst. Sicher war diese Kleideranordnung nur eine Schikane, mit der dieser Stellvertreter zeigen wollte, dass hier bald ein anderer Wind wehte.

Gilior schaute zu Alaris, der entgegen seiner Gewohnheit jetzt richtiggehend den Kopf hängen ließ. Es brachte nichts, wenn er mit ihm über sein seltsames Gefühl redete, das ihn wegen Lorons Anordnung befallen hatte und das nicht vollständig weichen wollte. Es würde Alaris nur zusätzlich belasten. Er war deprimiert genug, er sprach die ganze Zeit von der Elfenkönigin Tera, und wie sehr er sie mit ihrer Weisheit und Güte vermissen würde. Morgen früh wollte die Königin sich vom gesamten Personal verabschieden.

Nach einer Nacht, die Gilior wegen der jammernden Banshee, aber auch aufgrund der in seinem Kopf kreisenden Gedanken schlaflos verbracht hatte, tappte er am nächsten Morgen müde zum Frühstücksraum. Thal und Tidor waren schon dort, sahen aber auch nicht besonders frisch aus und so verlief die Morgenmahlzeit recht schweigsam. Aber bevor die beiden nachher einfach aufstanden und weggingen, wollte Gilior unbedingt noch mit ihnen über Loron und den Feuerstreiter reden. Er straffte seine Schultern. »Ich muss mit euch sprechen! Kommt ihr bitte noch zu mir in mein Zimmer, bevor ihr geht?«

»Das hat doch sicher Zeit, bis wir wieder zurück sind, oder?« Thal sah ihn kopfschüttelnd an. »Wir stehen heute heftig unter Zeitdruck. Es ist noch längst nicht alles für die Abreise unserer Königin vorbereitet und die Leute für die Wachbegleitung stehen auch noch nicht fest.«

»Es ist wichtig und es dauert nicht lange!«, erklärte Gilior.

Thal sah ihn prüfend an. »In Ordnung, aber fass dich dann kurz!«

Gilior nickte und dachte bei sich, dass die Zusammenarbeit mit den beiden wohl nicht ganz einfach werden würde. Wie es aussah, nahmen ihn nicht für voll. Er stand auf, um in sein Zimmer zu gehen. »Dann bis nachher.«

Sehr lange musste er zum Glück nicht warten, bis die beiden bei ihm anklopften. Gilior ließ sie herein und schloss hinter ihnen die Tür. Da Thal noch einmal auf Geschwindigkeit drängte, erzählte er ohne Umschweife von seiner Beobachtung und seiner Vermutung, dass der Stellvertreter Loron etwas plante, das die beiden in Gefahr brachte.

Thal winkte ab. »Die Gerüchte, die im Umlauf sind, werden dich bei deiner Beobachtung beeinflusst haben. Wahrscheinlich war es aber nur ein einfacher Schlosswächter, der nach dem Rechten gesehen hat. Loron wäre nie so dumm, noch vor der Dunkelzeit einen Angriff gegen uns zu planen, schon gar nicht in einem Raum in unserer Nähe.«

»Ja«, gab Tidor ihm recht, »außerdem hast du Loron gar nicht gesehen, wie du sagst, nur eine Stimme gehört.«

»Es war Lorons Stimme!«, beharrte Gilior, »und er hat in sehr abfälliger Weise das Wort *Schützer* ausgesprochen. Er plant etwas, das sagt mir mein Gespür. Außerdem – ein Schlosswächter würde sicher nicht heimlich im Raum der Vergangenheit verschwinden, wo der Spiegel steht, der in die Stadt führt. Dorthin ist der Feuerstreiter nämlich gegangen.«

Thal, der mit seinen Gedanken offensichtlich schon woanders war, zuckte mit den Schultern. »Du kannst ja während unserer Abwesenheit die Augen offenhalten. Aber ich denke, du siehst dein Erlebnis dramatischer, als es ist.«

In Giliors Bauch kroch Ärger hoch. Wie konnten die nur so ignorant sein! »Ich will doch nur, dass ihr während eurer Reise auf einen möglichen Angriff vorbereitet seid und Vorkehrungen trefft!«

»Keine Sorge, Kleiner. Wir werden von Pfeilschützen begleitet und wir kehren unbeschadet zu dir zurück.« Tidor gab Thal ein Zeichen. »Wir haben noch viel zu tun!«

Beide liefen zur Tür, um zu gehen.

»Und wer wählt die Pfeilschützen aus?«, rief Gilior ihnen hinterher.

Thal, der die Tür bereits geöffnet hatte, drehte sich zu ihm um. »Die Pfeilschützen sind Loron unterstellt wie das gesamte übrige Wachpersonal auch, aber wir suchen die Männer selbst aus.«

Na prima!, dachte Gilior, während Thal und Tidor davoneilten. Als ob Loron da nicht ein bisschen nachhelfen konnte, damit sie die richtigen Männer aussuchten, solche, die ihm treu ergeben waren. Er schloss die Zimmertür und blies frustriert den Atem aus. Eine Weile blieb Gilior noch dort stehen, den Rücken an die Tür gelehnt. Seine Gedanken kreisten um das Gespräch mit seinen Gefährten, aber dann zuckte er mit den Schultern. Er konnte nichts weiter tun! Was er auf dem Herzen gehabt hatte, war gesagt, was Thal und Tidor mit seiner Information anfingen, konnte er nicht beeinflussen. Aber Gilior hoffte, dass sie wenigstens darüber nachdachten. Immerhin waren sie ja schon lange im Schützeramt. Er konnte sich nicht vorstellen, dass sie leichtsinnig waren. Also sollte er sich vielleicht jetzt lieber auf seine eigene Aufgabe konzentrieren.

Gilior tastete nach der Kette, die um seinen Hals hing, und an der das zwischen Schmuckgittern versteckte Ersatzbett des Eisenmanns baumelte. Das Medaillon fiel unter seinem Hemd nicht auf. Wie es wohl sein würde, wenn das Püppchen erwachte?

Nun, er würde es bald erfahren. Gilior ging zu der Truhe, in der unter den Kleidungsstücken auch seine Schultertasche lag. Das Säckchen mit den winzigen Ersatzspiegeln befand sich darin, sowie das Notizbuch, das sein Vorgänger ihm gegeben hatte und auch das Buch von der Elfenkönigin.

Gilior nahm das Notizbuch heraus und begann zu lesen, doch es bereitete ihm Mühe, die Handschrift zu entziffern. Immerhin fand er heraus, dass das Schlangenzeichen an seinem Handgelenk in verschiedenen Farben unter der Haut sichtbar werden konnte und was das bedeutete.

Dann entdeckte er eine krakelige Zeichnung in dem Büchlein. Es schien eine Art Wegbeschreibung zu sein zu einem Ort, von dem er nie gehört hatte: Segredo. Nur der Vermerk »Wichtig« stand darüber.

Draußen vom Schlosshof her hörte Gilior Stimmen. Er ging ans Fenster und schaute hinaus. Eine Truppe Pfeilschützen stand unten. Thal und Tidor gaben ihnen mit Handzeichen und knappen Worten Anweisungen. Gilior nahm an, dass das die Begleitgruppe war, welche die Elfenkönigin auf ihrem Weg zur Geisterlinde schützen würde. Vier weitere Elfen traten hinzu und stellten sich vor. Es waren kräftige Männer, vermutlich diejenigen, die bei der Abreise die Sänfte der Königin tragen würden. *Hoffentlich seid ihr trittfest*, dachte Gilior und betrachtete die Stiefel der vier Elfen. Der Weg den Berg hinunter war ja schon ohne eine solche Last auf den Schultern schwierig. Aber unten in der Stadt würden sie es wohl auch nicht einfacher haben. Sicher würden alle Bewohner auf dem Marktplatz zusammenlaufen, um ihre Elfenkönigin ein letztes Mal zu sehen und zu berühren.

Gilior wandte sich vom Fenster ab und setzte sich auf sein Bett. Seine Gedanken wanderten zur Geisterlinde. Er wusste, wo sie stand. Es war ein weiter Weg bis zu dem Platz. Ein einziges Mal war er bisher an dem Ort gewesen, zusammen mit seiner Familie. Der Wind strich dort flüsternd um die vielen kleinen Steine herum, die zwischen duftenden Blütenstauden auf der Erde lagen und alle den Namen Tera trugen, nur mit verschiedenen Jahreszahlen. Der Baum mit seiner breit ausladenden Krone dominierte die Stätte. Der Stamm war dick und knorrig, und wenn man ihn berührte, dann wisperte er mit vielen Stimmen. Die Legende behauptete, dass es die Stimmen der Elfenköniginnen wären, die einst zum Ende ihrer Zeit in die Geisterlinde hineingegangen waren.

Gilior atmete durch, schwang die Füße hoch und legte sich auf dem Bett lang. Aber er konnte sich nicht entspannen. Vielleicht lag es am Schlafmangel, vielleicht an den vielen Gedanken, die ihn umtrieben, vielleicht aber auch an der unruhigen Atmosphäre im Schloss. Wenigstens würde heute Nacht die Banshee nicht mehr weinen, die drei Nächte ihrer Trauer waren um. Gilior seufzte, verschränkte die Arme hinter dem Kopf und schloss die Augen. Wenigstens ein bisschen ruhen. Eine Aufgabe, die ihn ablenkte, hatte man ihm ja nicht gegeben.

Als eine Zeit später die Mittagsglocke läutete, stand Gilior auf und ging in das Speisezimmer. Es gab Suppe mit weichem Brot und feine Gemüsepasteten. Gilior bediente sich und fing an, zu essen. Bald darauf kamen auch Thal und Tidor herein. Aber sie sprachen sowenig wie am Morgen. Doch als Gilior zum Ende der Mahlzeit aufstand, um zu gehen, hielt Thal ihn zurück. »Warte!«

Gilior blieb stehen und sah ihn an.

Thal seufzte auf. »Es ist nun alles vorbereitet. Tidor und ich werden am späten Nachmittag mit unserer Königin Tera abreisen.« Er sah Gilior an und neigte dabei den Kopf. »Wir haben die

Begleitpersonen besonders sorgfältig ausgewählt, mit jedem Mann gesprochen. Ich denke, wir können den Pfeilschützen vertrauen, die meisten von ihnen haben die Königin schon oft begleitet, wenn sie zu früheren Zeiten das Schloss verließ. Sollte sich deine Ahnung also wider Erwarten doch bestätigen, so sind wir gerüstet, und Tidor und ich sind ja auch kampferfahren, es sollte also alles gutgehen.«

Also hatten sie sich doch Gedanken gemacht! Erleichtert nickte Gilior. »Dann bleibt mir nur noch, euch viel Glück für die Reise zu wünschen.«

»Glück ist immer vonnöten.« Tidor nickte. »Auch für dich, der du allein zurückbleiben musst. Hier im Schloss sehe ich größere Gefahr, als für uns. Du solltest sehr vorsichtig sein. Hast du kämpfen gelernt?«

Gilior nickte. »Natürlich, wie alle el Raganor! Ich beherrsche die Kampfkunst mit dem Stab als auch mit Schwert oder Pfeil und Bogen.«

»Aber du hast keinen Pfeilbogen bei dir, oder?«

»Nein.«

»Thal und ich dürfen in unserer Eigenschaft als Schützer auf der Reise nur unseren Stab mitnehmen. So will es die Tradition. Deshalb werde ich dir nachher meinen Pfeilbogen geben, damit du gerüstet bist. Es ist unauffälliger, als wenn du dir in der Waffenkammer ein Set aussuchst.«

Gilior gab ihm recht. »Das ist wohl so, danke!«

Tidor stand auf, sah prüfend zur Tür und ging dann zu ihm. »Was ich dir jetzt zeige, ist wichtig, auch wenn du es wahrscheinlich erst dann brauchen wirst, wenn wir wieder zurück sind.« Er senkte die Stimme. »Dein Stab hat nämlich eine Tarnfunktion. Einerseits gibt uns das in entsprechenden Situationen die Möglichkeit, ihn zu verstecken, und andererseits können wir ja nicht mit Pfeil und Bogen als auch dem Stab gleichzeitig hantieren. Also sieh her!« Tidor bewegte seine Hand über den Knauf des Stabs, und dieser schrumpfte auf Bleistiftgröße, sodass er ihn in seine Manteltasche packen konnte. »Probiere das jetzt mit deinem Stab!«

Gilior tat es, und tatsächlich schrumpfte auch sein eigener Stab auf Minigröße. Er bewegte seine Hand noch einmal über dem Knauf und der Stab wuchs wieder zu seiner normalen Größe, schneller, als er zusehen konnte. »Das ist ja fantastisch! Ein Zauberstab!«

»Nein!«, widersprach Tidor. »Die Magie ist in uns. Wir sind nicht nur Elfen, sondern in gewisser Weise auch Magier, kraft unseres Amtes als Schützer.«

Gilior schaute ihn überrascht an. »Da hätte ich jetzt viele Fragen dazu, aber es ist wohl kein guter Zeitpunkt dafür.«

»Nein, das ist es nicht«, bestätigte Thal. »Aber wenn wir zurück sind, werden wir alle deine Fragen beantworten, soweit wir können.« Er schaute Gilior forschend an. »Königin Tera sagte uns, dass sie dir etwas gegeben hat, das uns während der Dunkelzeit bei unserer gemeinsamen Aufgabe helfen wird.«

»Ja«, bestätigte Gilior und unterdrückte die Bewegung, die seine Hand zur Brust machen wollte, wo unter dem Hemd der Eisenmann ruhte.

»Auch darüber sprechen wir, sobald ihr zurück seid.«

Tidor atmete durch. »Dann gebe ich dir jetzt den Pfeilbogen. Komm mit!« Gemeinsam gingen sie alle drei in Tidors Zimmer, wo er Gilior einen kostbaren Bogen aus Eibenholz samt Köcher mit Pfeilen gab. »Übrigens ... wundere dich nicht, wenn dein weißer Mantel womöglich eine gewöhnliche dunkle Farbe annimmt. Falls das geschieht, ist es das Werk der goldenen Schlange, die dafür sorgt, dass du unerkannt durchs Land reisen kannst, wenn es notwendig wird. Es wird aber derzeit sicher nur passieren, wenn du das Schloss verlässt, was ich dir eigentlich nicht raten würde, solange wir weg sind.«

Gilior atmete tief durch. »Noch mehr Geheimnisse!«

Tidor nickte und seufzte dann, weil sie alles Weitere erst besprechen konnten, wenn sie wieder zurück waren. Es blieb ja nicht mehr viel Zeit bis zur Abreise. Thal und er mussten sich jetzt unbedingt noch ein wenig ausruhen. Die Reise würde auch für sie beide anstrengend werden.

Gilior verstand das natürlich und so verabschiedete er sich bald. Als er mit Thal danach aus dem Zimmer gehen wollte, griff Tidor nach seinem Arm. »Ich würde an deiner Stelle die Abreise unserer Königin von deinem Zimmer aus beobachten. Je weniger du öffentlich in Erscheinung trittst, desto besser dürfte es sein. Loron kann dich derzeit noch nicht einschätzen und das sollte auch so bleiben. Mögen wir uns alle gesund wiedersehen!«

»Ja«, erwiderte Gilior ernst. »Mögen wir uns alle gesund wiedersehen!«

Gilior blieb den ganzen Nachmittag in seinem Zimmer. Es fiel ihm zwar schwer, schließlich war er es bisher gewohnt gewesen, den ganzen Tag draußen zu verbringen. Aber die Situation schien es zu fordern. Er legte sich auf sein Bett und las in dem Buch, das die Elfenkönigin Tera ihm gegeben hatte. Als er dann am Spätnachmittag hörte, wie in den Zimmern neben ihm die Türen schlugen, legte er seine Lektüre beiseite und lauschte. Die Schritte von Thal und Tidor hörte er nur kurz, sie nahmen sicher den Weg über den Spiegelgang. Aber von Schlosshof her klangen nun schon Stimmen zu ihm herauf und so ging er ans Fenster. Ja, die Abreise der Elfenkönigin stand jetzt kurz bevor, da draußen war schon mächtig was los!

Gilior öffnete das Fenster und lehnte sich hinaus, um das Treiben im Schlosshof zu beobachten. Die kleinen Hausgeister versammelten sich bereits vor dem Küchentrakt. Viele klammerten sich aneinander und weinten. Auch Alaris stand bei ihnen, versuchte zu trösten. Auf der anderen Seite des Hofs sah Gilior die Elfenkrieger, immer wieder trat noch einer dazu, es waren also viele, die den Zug nachher begleiteten. Auch Thal und Tidor kamen nun auf den Schlosshof, gingen zu den Elfenkriegern und erteilten ihnen Befehle. Dann wurde von den vier Elfenträgern eine mit Gold geschmückte Sänfte auf den Schlosshof getragen und nahe der Haupttreppe vor dem Schlosseingang abgestellt. Schon bald darauf sah Gilior die Palastwachen. Sie gingen, mit Tera sowie deren Stellvertreter Loron in ihrer Mitte, die Treppe herunter und blieben hinter der Sänfte stehen.

Die Elfenkönigin trug ein weites weißes Gewand, jedoch keinen Schmuck, außer der Krone, die aus wertvollen Hölzern gearbeitet war und sich an ihren Hinterkopf schmiegte. Aus dem Buch, das sie ihm gegeben hatte, wusste Gilior, dass dies die traditionelle Kleidung für den Eintritt in die Geisterlinde war. Teras fast hüftlange, flachsblonde Locken glänzten in der Nachmittagssonne. Sie sah trotz ihrer dreihundertsiebenundsiebzig Jahre noch immer jung und schön aus und keineswegs gebrechlich, fand Gilior.

Tera hielt etwas in der Hand. Einen Schlüssel! Damit wandte sie sich an ihrem Stellvertreter Loron, sie sprach ihn an und hielt dabei diesen Schlüssel hoch. Gilior seufzte, denn was er da sah, war die traditionelle Übergabe der Schlüssel-gewalt über Teramoon. Auch dieses Ritual wurde in dem Buch beschrieben, das er von Tera erhalten hatte.

Danach ging alles schnell. Tidor trat vor und reichte Tera die Hand. Er geleitete sie zur Sänfte und half ihr beim Einsteigen. Die Elfenkrieger formierten sich, ein Teil stellte sich in Zweier-reihen vor der Sänfte auf und ein Teil dahinter. Während die Träger die Säfte der Elfenkönigin anhoben, reihte sich Thal direkt davor ein. Tidor gab den Wächtern ein Zeichen, dass sie die Zug-brücke herablassen sollten, und als dies gesche-hen war, setzte sich der Zug in Bewegung. Tidor ging nun direkt hinter der Sänfte. Die beiden Schützer blieben also immer nah bei der Königin. Auch das war Tradition, wie Gilior aus dem Buch, das er zu lesen begonnen hatte, jetzt wusste.

Giliors Blick fiel auf den Stellvertreter Loron, der noch vor der Treppe stand und die Abreise der Elfenkönigin genauso beobachtete, wie er selbst. Loron spielte mit dem Schlüssel in seiner Hand. Um seinen Mund lag ein seltsames Lächeln, das Gilior unvermittelt einen Schauer über den Rücken jagte. Nein, der Mann war nicht vertrauenswürdig! In drei Tagen, wenn Tera in die Geisterlinde gegangen war, würde sich hier garantiert einiges ändern und bestimmt nicht im Guten. Gilior atmete tief durch und schaute dann wieder dem Zug der Elfenkönigin nach. Die letzten Elfenkrieger, welche der Sänfte folgten, gingen nun auch bereits über die Zugbrücke. Die beiden Männer, die das Schlusslicht bildeten, fielen Gilior aber erst jetzt auf. Sie waren etwas größer als die anderen Elfen und ihr langes Haar schimmerte in weißer Farbe. Aber sie schienen nicht alt zu sein, zumindest nicht ihrer kraftvollen Statur nach zu urteilen. Gab es hier Elfenvölker, deren Haar von Geburt an weiß war? Gilior hatte bisher keinen jungen Elfen mit so vollkommen weißem Haar gesehen, aber das musste nichts heißen. Während er noch überlegte, erreichten auch diese Weißhaarigen den Gebirgspass vor dem Schloss. Wenig später zogen die Wachen bereits die Zugbrücke hoch.

7. Falsches Spiel

In der folgenden Nacht schlief Gilior sehr unruhig. Er wachte immer wieder auf, weil er seltsame Geräusche hörte. Aber es war wohl nur der Wind, der am Fenster rüttelte, zumindest redete er sich das jedes Mal ein.

Kaum dass es draußen heller wurde, stand Gilior auf. Nachdem er sich frischgemacht hatte, legte er sich jedoch sofort wieder auf sein Bett. Was sollte er auch sonst tun? Er starrte an die Decke. Wenn er jetzt nur durch den Wald laufen könnte wie zuhause! Dann würde er sich gleich besser fühlen, das Kribbeln loswerden, das er seit der Abreise der Königin im ganzen Körper spürte. Herrje aber auch! Im Augenblick bekam er nicht einmal einen klaren Gedanken zu fassen. Im Schloss blieb es heute Morgen zudem noch seltsam still. Gilior empfand diese Stille schon fast gespenstisch. Seit er hier wohnte, hatte er immer mitbekommen, wenn die Bediensteten den

Tag begannen. Sie waren Frühaufsteher, wie er selbst. Aber bis jetzt hörte er nichts, keine Schritte im Hof, keine Stimmen. War der Hofstaat der Königin womöglich nicht mehr hier? Gilior wurde mit einem Mal schmerzhaft bewusst, dass die Zimmer neben ihm leer standen. Thal und Tidor waren fort und er auf sich allein gestellt.

Draußen im Flur schlug plötzlich leise eine Tür zu. Gilior setzte sich sofort aufrecht hin und lauschte. Schlich da draußen jemand herum? Wurde er von Lorons Männern bespitzelt? Oder war es nur einer der Hausgeister, der ihm Frühstück richtete? Hoffentlich! Gilior lief zur Tür, öffnete sie und schaute vorsichtig rechts und links den Flur entlang. Niemand da! Zögernd ging er hinaus. Auf Zehenspitzen huschte er den Korridor entlang bis zum Frühstückszimmer und schaute in den Raum. Ja, der Tisch war gedeckt. Also war es doch nur ein Hausgeist gewesen!

Gilior atmete auf, ging hinein und setzte sich an den Tisch. Er nahm sich von dem hellen Fladenbrot aus dem Korb, der ihm heute besonders reichlich gefüllt vorkam. Es verwunderte ihn ein wenig, schließlich aß er seit heute hier allein. Als er den ersten Bissen nahm, schmeckte er einen leisen Hauch von Rosenblüte. Er stutzte! Dann roch er an dem Brot. Ja, es duftete tatsächlich nach Rosenblüten, wenn auch nur ganz leicht. Er nahm noch einem Bissen, kaute langsam und bewusst, schmeckte immer wieder nach. Als er dann schluckte, fühlte Gilior sich bereits pappsatt. »Also doch«, flüsterte er und lächelte. Jetzt war er sich sicher! Dies war ein besonderes Brot, extra für ihn gebacken! Irgendein Hausgeist meinte es gut mit ihm und sorgte für ihn vor. Denn ein solches Brot konnten nur die Hausgeister backen, es machte nach ein, zwei Bissen satt und blieb jahrelang genießbar. Perfekt für die Reise, die Gilior mit Tidor und Thal in wenigen Tagen antreten musste! Gilior betrachtete den Brotkorb, hob ihn hoch. Fein säuberlich gefaltet lag sogar ein Stoffbeutel darunter. Er füllte die Fladenbrote hinein, blieb dann mit dem Beutel in der Hand nachdenklich sitzen. Zu gern hätte er jetzt gewusst, wem er den Proviant verdankte. Loron hatte das bestimmt nicht veranlasst, da war sich Gilior sicher!

Aber welcher der Hausgeister würde für ihn solche Initiative ergreifen? Bisher hatte er nur Naida, den persönlichen Hausgeist der Elfenkönigin kennengelernt.

Aber wer immer es auch gewesen war, Gilior hatte jetzt das Bedürfnis, diesem kleinen Wesen eine Freude zu bereiten. Er nahm deshalb seine Serviette, faltete sie sorgfältig zu einem Schwan und stellte diesen in den Brotkorb hinein. Ja, dachte er, als er sein Werk betrachtete. Das würde dem unbekannten Spender gefallen!

Wenig später ging Gilior wieder in sein Zimmer zurück. Den Proviant verstaute er gleich in seiner Umhängetasche. Danach stellte sich Gilior ans Fenster und schaute hinunter in den Schlosshof, aber keine Seele ließ sich dort blicken. Selbst die Zugbrücke war noch nicht herabgelassen worden. Ob es Absicht war? Es war vermutlich der einzige Weg hier heraus!

Der Anblick des verlassen wirkenden Hofs brachte das beklemmende Gefühl zurück, das Gilior während des Frühstücks erfolgreich hatte verdrängen können. Er blies die Backen auf und lief im Zimmer auf und ab. Tidor und Thal hatten ihm empfohlen, in diesem Raum zu bleiben, damit er Loron nicht im unpassendsten Moment vor die Füße geriet. Aber er konnte sich doch nicht den ganzen Tag vor diesem Mann verstecken. Wenn Loron ihm an den Kragen wollte, dann würde er sowieso hier zuerst nach ihm suchen. Dazu kam, dass Gilior sich im Schloss noch nicht auskannte, welche Chance hätte er dann, ihm zu entkommen?

Nein, er konnte nicht hierbleiben und Däumchen drehen!

Vor Giliors geistigem Auge stieg plötzlich das Bild seines Vaters auf. Einer ihrer Streitpunkte war stets gewesen, dass Gilior zu wenig Vorsorge traf und seine Aktivitäten nicht vorausschauend plante. Nun, er reagierte eben lieber spontan und aus dem Bauch heraus und bisher war er damit gut gefahren. Aber jetzt konnte es nicht schaden, zumindest ein paar Vorkehrungen zu treffen. Teras Stellvertreter Loron war schwer einzuschätzen, er paktierte mit den Feuerstreitern, zu welchem Zweck, blieb offen. Aber so viel stand fest: Loron konnte nicht daran gelegen sein, dass Thal, Tidor und er die neue Königin fanden. Er würde sie garantiert daran hindern wollen.

Gilior überlegte. Zwei Dinge wurden jetzt wichtig. Zum einen sollte er seine Tasche schon mal für alle Fälle reisefertig packen, falls er überstürzt aufbrechen musste. Zum anderen musste er herauszufinden, wie er im Notfall aus dem Schlossgebäude herauskam. Seine Spiegelscherben konnte er auf den Steinböden der Burg jedenfalls nicht nutzen, um zu verschwinden. Aber weil er niemanden fragen konnte, blieb ihm nichts anderes übrig, als die Spiegelgänge zu erforschen, auch wenn das in Anbetracht der Lage riskant war.

Da Gilior jetzt wusste, was er tun wollte, fing er gleich an, seine Tasche zu packen. Er nahm das

Brot wieder heraus, ließ aber das Buch, das Tera ihm gegeben hatte, darinnen. Gestern, nach ihrer Abreise hatte er es zu Ende gelesen, er brauchte es jetzt nur noch, falls er etwas nachschlagen wollte. Auch das Notizbuch von seinem Vorgänger Rasnor konnte er unten am Boden der Tasche lassen, das Wichtigste hatte er sich gemerkt, alles andere wollte er erst lesen, wenn er mehr Ruhe dazu hatte. Gilior packte nun Seife, eine Garnitur Wäsche, sein zweites Hemd und die Ersatzhose obenauf. Die Stoffe waren weich und nahmen weniger Platz weg, als er befürchtet hatte. Jetzt noch den Beutel Brot und den magischen Wasserbecher, fertig. Mehr brauchte er nicht. Er kontrollierte nur noch einmal, ob seine Ersatzspiegel auch wirklich noch in ihrem Extrafach lagen. Die fertig gepackte Tasche legte Gilior auf den Boden der Truhe zurück und obenauf Pfeil und Bogen, damit er auch diese griffbereit hatte.

Er atmete durch. Dann ließ er seinen Schützerstab schrumpfen, schob ihn in seine Manteltasche und machte sich auf den Weg, die Spiegelgänge zu erkunden.

Bis zum Abend hatte Gilior ein paar der Geheimgänge erforscht und mindestens zwei oder drei Schreckmomente erlebt, weil er beinahe von Lorons schwarzgekleideten Elfen entdeckt worden wäre. Einen zweiten Ausgang aus dem Schloss hatte er jedoch noch nicht gefunden. Immerhin begriff er jetzt aber die Verbindungsfunktion der Nischen, durch die er an seinem ersten Tag im Schloss eher zufällig zum Raum der Vergangenheit gelangt war. Die Nischen verbanden nämlich nicht nur die Stockwerke, sondern auch die beiden Seitenflügel des Schlosses. An den Wänden gab es dort Zahlen oder Symbole, manchmal auch beides. 2/3→ bedeutete zum Beispiel, dass er von seinem zweiten Stockwerk aus, in den dritten Stock des gegenüber liegenden Flügels gelangen konnte. Selbst Alaris, der am Abend wie versprochen zu ihm kam, wusste das noch nicht. Aber sein Cousin kannte nach eigenen Aussagen sowieso nur wenige Verbindungswege. Er kam ja selten aus seiner Suppenküche heraus.

Alaris brachte im Übrigen auch Neuigkeiten mit. Er erzählte, dass die Zugbrücke nur noch mit Lorons ausdrücklicher Genehmigung heruntergelassen werden durfte und nur von seinen persönlich ausgewählten Elfen, als angebliche Sicherheitsmaßnahme.

»Loron hat sich bisher nie um die Sicherheit Teramoons geschert«, sagte Alaris und sein Gesicht wirkte auf einmal zornig. »Er bezweckt etwas anderes damit. Garantiert! Es würde mich auch nicht wundern, wenn er die Vertrauten unserer Königin demnächst in die Verliese sperrt oder noch schlimmeres!« Er seufzte. »Vor allem du musst aufpassen! Ich fürchte um dich!«

Oh ja, dachte Gilior und sah seinen Cousin beschwörend an. »Du solltest auch aufpassen!«

Loron fing schon an, seine Macht auszunutzen. Er versperrte den vermutlich einzigen Fluchtweg.

Um so wichtiger schien es Gilior nun, so schnell wie möglich einen Ausweg zu finden.

Am nächsten Tag erforschte Gilior weitere Spiegelgänge. Aber er blieb stets auf der Hut. Beim kleinsten Geräusch suchte er Deckung, was allerdings schwierig war, da es nur wenige Mauervorsprünge in den Spiegelgängen gab, hinter denen er sich verstecken konnte. Bald fühlte er sich dazu noch wie in einem Irrgarten. Es gab viel mehr Bezirke im Schloss, die über die Spiegel miteinander verbunden waren, als er sich das vorgestellt hatte. Einen zweiten Ausgang ins Freie fand er jedoch nicht. Es schien, als ob er nur auf dem streng bewachten Weg durch den Haupteingang auf den mittlerweile abgeriegelten Schlosshof gelangen könnte.

Aber so schnell gab Gilior nicht auf. Nach dem Mittagessen fing er jedoch erst einmal an, die bisher erkundeten Spiegel mit ihren Fluren und Türen auf Papier festzuhalten. Da Gilior ein fotografisches Gedächtnis besaß, fiel ihm das Zeichnen der Pläne nicht schwer.

Als er fertig war, versteckte er die Zeichnungen in der Truhe, in der auch seine Reisetasche lag. Danach machte er sich erneut auf die Suche nach einem möglichen Fluchtweg aus dem Schloss.

Bis zum späten Nachmittag hatte Gilior zwar in viele hochinteressante Winkel der Burg geschaut, aber noch immer keinen Weg nach draußen gefunden.

Der Spiegelgang, in dem er sich jetzt befand, lag im Seitentrakt des Erdgeschosses. Gilior war klar, dass er jetzt besonders vorsichtig sein musste, wegen Loron, auch wenn dieser Gang vermutlich hauptsächlich von den Bediensteten genutzt wurde. Die Türen hier führten in Besen-, Wäsche- oder Werkzeugkammern sowie zu den verschiedenen Flügeln der Bediensteten. Am Ende des Spiegelgangs entdeckte Gilior noch eine Tür, auf der ein langes, spitzes Ohr abgebildet war, sowie eine Form, die wie ein Eimer, der an einem Seil hing, aussah.

Hm ..., dachte Gilior, hier ging es wohl zu einem Bereich der Hausgeister. Dann kam ihm eine Idee! Thal hatte doch gesagt, dass die Lebensmittel, die im Schloss gebraucht wurden, derzeit von den Hausgeistern per Seilwinde heraufgebracht wurden. Der Eimer auf der Tür konnte darauf hindeuten, dass dieser Durchgang zu dem Platz führte, an dem die Seilwinde stand. Gilior überlegte nicht lange. Selbst auf die Gefahr hin, womöglich einem Hausgeist zu begegnen und dessen Ärger auf sich zu zichen, er musste hier nachsehen! Vorsichtig öffnete Gilior die Tür und schaute hinaus. Selbst durch den spiegelnden Schleier hindurch spürte er die Wärme der Sonne, die auf einen freien, gepflasterten Platz schien. Gilior trat ganz durch die Tür und atmete wie befreit die frische Luft in tiefen Zügen ein. Er hatte einen Ausgang ins Freie gefunden!

Gilior schaute sich um. Rechts von ihm, vor der Mauer, die den Hof nach außen hin begrenzte, stand ein hohes Podest mit einer Seilwinde. Stufen führten dort hinauf. Doch es schien, als ob das Transportmittel zerstört war. Nur noch ein zerrissenes Stückchen Seil hing von der Spule herab und die Kurbel schien auch zu fehlen. Seine eben aufgekeimte Hoffnung, das Schloss im Notfall mit Hilfe der Seilwinde verlassen zu können, brach augenblicklich zusammen. Er ging vor zu der Mauer und schaute sich das Gelände dahinter an. Er blickte in eine breite, tiefe Schlucht hinunter. Sie schien rings um das Schlossgelände zu verlaufen. Unmöglich, von hier aus zu fliehen! Hier auf dem Freiplatz ein Spiegelglas zu werfen, um mithilfe seines persönlichen Geheimgangs zu verschwinden, kam bei dem gepflasterten Boden genauso wenig infrage wie innerhalb des Gebäudes oder im Schlosshof, der ebenfalls mit Natursteinen befestigt war. Das Spiegelglas würde zersplittern und der magische Gang infolgedessen über ihm zusammenbrechen.

Während Gilior noch das Gebirge betrachtete, spürte er plötzlich bohrende Blicke in seinem Rücken. Er erschrak und drehte sich um. Neben der Ausgangstür, in einer kleinen, versteckten

Nische saß die kleine Naida, der Hausgeist der Elfenkönigin, auf einer steinernen Bank und starrte ihn an. Ihre Blicke trafen sich.

»Was willst du hier?«, fragte sie nicht gerade freundlich.

»Ich suchte einen stillen Platz in der Sonne«, erwiderte Gilior und lächelte sie gewinnend an.

Naida presste die Lippen zusammen. »Still ist es auch auf dem Schlosshof.«

»Aber nicht so angenehm wie hier!«

Naida nickte und Gilior betrachtete sie. Sie trug wie alle Hausgeister nur ein einfaches Gewand aus grobem Linnen. Dennoch wirkte sie in ihren Bewegungen wie von edler Abstammung, was wohl mit ihrem Stand bei der Königin zusammenhing. Aber Naida schien geweint zu haben.

»Darf ich mich zu dir setzen?«, frage Gilior sanft.

Naida zuckte die Schultern, was er als Zustimmung auffasste.

Gilior nahm neben ihr Platz und eine Weile schwiegen sie beide.

Von den Hausgeistern seiner eigenen Familie wusste Gilior, dass diese immer alles, was sie planten, miteinander besprachen. Keiner tat irgendetwas, ohne dass die anderen davon wussten. Naida musste also auch von dem Brot wissen, das gestern in seinem Frühstückskorb gelegen hatte. Er sah sie an. »Ich möchte mich noch gern für das Reisebrot bedanken, Naida!«

Ein kaum wahrnehmbares Lächeln huschte über ihr Gesicht. Sie nickte und atmete dann tief durch. »Bitte verzeih, dass ich dich vorhin so angefahren habe. Ich weiß ja, du gehörst zu den Guten!« Naida sah ihn von der Seite her an, grinste ein bisschen. »Fid, er ist der Bäcker in meiner Familie, hat deinen Schwan ganz stolz auf seinen Nachtschrank gestellt. Niemand von uns darf die Figur anfassen.«

»Das freut mich, dass ihm der Schwan gefallen hat.«

Naida nickte und atmete noch einmal tief durch. »Wir Hausgeister möchten dir gern helfen, aber das ist nicht so einfach. Loron ...«

»Hat er die Seilwinde zerstören lassen?«

»Ja. Er will alle Wege, die aus dem Schloss herausführen, unter seiner Kontrolle haben.«

»Das habe ich mir schon gedacht.«

Naida seufzte und schwieg einen Augenblick. »Den Menschen verloren, den Elfen geboren«, flüsterte sie dann.

Gilior begriff nicht ganz. Wieso sprach Naida die Worte, die ein totgeborenes Menschenkind als Elf zum Leben erweckten? Spielte sie auf die Erweckung der neuen Königin an?

Er schaute Naida an. »Ich verspreche dir, dass wir die neue Königin finden und ins Leben rufen werden!«

Naida nickte und seufzte wieder. »Wusstest du, dass Loron ein Wechselkind ist?«

»Nein.« Gilior wusste noch immer nicht, worauf sie hinauswollte. Zwar war ihm bekannt, dass es in der alten Zeit Elfen gegeben hatte, die ihr totgeborenes Kind gegen ein Menschenkind getauscht hatten. Aber das war schon lange verboten, denn die Verwandlung dieses Menschenkinds in einen Elfen gelang nur mithilfe schwarzer Magie, durch das Einatmen und austauschen der Seelen, was oft unvorhersehbare Folgen für die Kinder gehabt hatte.

»Ja, Loron ist ein Wechselkind und er ist sogar noch stolz darauf«, unterbrach Naida seine Gedanken. Sie rümpfte abfällig die Nase. »Er glaubt, dadurch der Königin gleichzustehen, aber das ist Unsinn!«

Ah, darum ging es also!

Gilior nickte. »Die Königin ist kein Wechselkind, sie wird nur aus einem menschlichen Körper erweckt, und zwar deshalb, damit alle Elfenstämme und alle Völker, die mit uns hier leben, sie anerkennen können.«

»Ja. Aber für Loron ist diese Tatsache bedeutungslos.« Das konnte sich Gilior gut vorstellen. »Es wundert mich, wie Loron überhaupt Stellvertreter werden konnte!«

»Du meinst, weil es verboten ist, sich Wechselkinder zu holen? Was seine Eltern getan haben, hat bis vor Kurzen niemand gewusst.«

Gilior schüttelte den Kopf. »Nicht deswegen, da kann er ja nichts dafür. Aber hat Tera nicht bemerkt, welchen Charakter er hat, bevor sie ihm die Stelle gab?«

»Oh ...« Naida sah ihn an. »Mit der Wahl des Stellvertreters hat eine Elfenkönigin nichts zu tun. Das ist Sache der Nachfahren des Bruderstamms der ersten Königin. Es muss immer einer von denen sein.« Naidas Augen blitzten plötzlich zornig auf. »Diesmal haben sie den Schlimmsten hergebracht. Loron will an der Spitze von Anderwelt stehen, nicht nur als Stellvertreter. Er hat diesbezüglich Pläne und wird zuallererst versuchen, euch Schützer auszuschalten, damit ihr die neue Königin nicht ins Leben rufen könnt.« Naida griff nach Giliors Hand. Sie flüsterte jetzt nur noch. »Wir Hausgeister wollten dich morgen Nacht mithilfe der Seilwinde aus dem Schloss herausschmuggeln, damit du deinen Schützergefährten entgegengehen kannst. Sobald unsere Königin Tera in die Geisterlinde gegangen ist, sind sie nämlich in großer Gefahr, so wie du dann hier. Aber jetzt ist uns das unmöglich geworden, die Seilwinde kann nicht repariert werden.«

»Ich danke euch trotzdem sehr«, erwiderte Gilior und drückte ihre Hand. »Gibt es vielleicht noch einen anderen Weg aus dem Schloss heraus?«, fragte er dann.

Naida schüttelte den Kopf.

»Keinen! Der Spiegel, der zur Stadt führt, ist zu gefährlich.« Sie zögerte einen Augenblick. »Auf diesem Weg kommen Feuerstreiter ins Schloss, denen könntest du nicht ausweichen. Sie sind Lorons heimliche Verbündete und hecken etwas aus, da sind wir uns sicher, und es werden immer mehr. Sie könnten sich sogar schon im Schloss versteckt halten.«

Das waren niederschmetternde Nachrichten. Aber dann fiel Gilior etwas ein. Vielleicht gab es doch einen Weg hier heraus, und wenn das klappte, würde er Alaris gleich mitnehmen! Er schaute den Hausgeist an, beugte sich sogar ein wenig zu ihm herunter und sprach dann sehr eindringlich. »Naida! Kennst du einen geheimen Weg, der zur

Suppenküche führt? Ich meine einen Weg, bei dem ich nicht über den Schlosshof gehen müsste!«

»Von deinem Zimmer aus?«

»Ja.«

Naida nickte. »Du nimmst im Flur den ersten Spiegel, den oben beim Fenster. In dessen magischem Gang gehst du nach links bis zur dritten Nische 1/KE. Dort stellst du dich rein und gelangst so zum Eiskeller, wo wir die im Winter gesammelten Eisschollen aufbewahren, die unsere Vorräte kühlen. Vom Eiskeller führt eine Treppe hoch zu den Vorratskellern. Wenn du oben bist, wendest du dich nach rechts und gehst durch sämtliche Kellerabteile durch bis ganz ans Ende. Eine Tür führt dann auf einen kleinen Gang, in dem du nach rechts gehend wieder eine Treppe vorfindest. Die steigst du rauf und dann musst du nur noch geradeaus durch einen Vorraum und stehst kurz darauf in der Suppenküche.«

»Danke, das kann ich mir gut merken«, erwiderte Gilior.

Naida blickte ihn voller Sorge an. »Es stimmt, von der Suppenküche aus ist der Weg bis zur Zugbrücke am kürzesten und es ist der einzige Weg, der bleibt, um hier herauszukommen. Ich hoffe sehr, dass du es über die Zugbrücke schaffst, wenn Teras Begleitung zurückkehrt.« Sie seufzte schwer auf. »Du musst gleichzeitig Tidor und Thal daran hindern, auf den Schlosshof zu gehen. Es wird sehr schwierig werden, aber nur zu dritt werdet ihr die Elfenkönigin finden, das weißt du!«

»Ja, wir müssen zusammenarbeiten, das weiß ich.« Gilior legte tröstend einen Arm um den kleinen Hausgeist. Aber er wollte Naida jetzt nichts über seinen Plan erzählen, um sie nicht noch mehr zu beunruhigen. Denn er würde mit seinem Fluchtversuch garantiert nicht warten, bis die Begleitung der Königin hier wieder eintraf. Er hatte eine bessere Idee, das hoffte er zumindest. Er zog Naida an sich. »Mach dir keine Sorgen! Ich komme hier heraus und ich werde mit Tidor und Thal fortgehen und Alaris gleich mitnehmen, der hier ja auch in Gefahr sein könnte. In ein paar Jahren kommen wir mit der jungen Königin zurück, darauf kannst du dich verlassen!«

Naida nickte zwar, jedoch nur halbherzig und sie sah ihn dabei nicht an.

Gilior wusste, dass Hausgeister die Stimmungen in einem Haus sehr deutlich wahrnahmen, und die Ausstrahlung des Schlosses wurde bereits merklich düsterer. Er wusste auch, dass Hausgeister fortgingen, wenn sie die Atmosphäre eines Hauses nicht mehr mittragen konnten. Mit ihnen ging in aller Regel dann auch das Glück.

»Naida«, sagte er bittend, »auch wenn die kommenden Jahre schwer werden, ihr dürft hier nicht fortgehen! Bitte versprich mir das! Wenn die junge Elfenkönigin hierher kommt, wird sie euch brauchen! Versteckt euch auf dem Dachboden. Ich weiß, dass das sowieso euer bevorzugter Wohnraum ist, und Loron wird euch da oben sicher in Ruhe lassen.« Er zögerte. »Ihr habt die Fähigkeit, euch unsichtbar zu machen. Das hilft euch, Loron und seinen Männern aus dem Weg zu gehen. Ihr seid außerdem nicht seine, sondern die Hausgeister der Königin, denkt immer daran! Die Elfenkönigin braucht euch, auch wenn sie nicht hier ist!«

Naida drückte ihren Rücken durch und atmete dabei heftig aus.

»Das haben wir der Königin vor ihrer Abreise bereits versprochen.« Sie lächelte. »Du kennst uns Hausgeister gut!« Ihr Gesicht nahm wieder einen sehr ernsten Ausdruck an. »Wenn du es wirklich schaffst, heil aus dem Schloss herauszukommen ... Wir werden in Kontakt bleiben. Nicht nur Loron hat einen treuen Raben, der Botschaften überbringen kann. Wir auch, aber außer dir jetzt, weiß das keiner.« Naida schaute Gilior mit einem beschwörenden Blick an. »Das muss auch so bleiben. Versprich mir das!« Als Gilior nickte, redete sie mit gedämpfter Stimme weiter. »Unser Rabe Rici wird dich finden, wo immer du bist und dich über die Ereignisse im Schloss auf dem Laufenden halten.« Naida betrachtete kurz den

Himmel. »Herrje, so spät schon ... Du musst jetzt gehen! Es ist schon gleich Zeit für das Abendbrot.«

Naida ging mit Gilior zu einer kleinen, unauffälligen Pforte, führte ihn ins Schloss hinein und zeigte ihm noch den kürzesten Weg zurück auf den Flur, wo sein Zimmer lag.

Dann verschwand sie einfach.

Am Abend kam Alaris zu ihm, jedoch diesmal recht spät. Völlig aufgelöst berichtete er, dass Loron morgen von allen Elfen-Bediensteten den öffentlichen Treue-Eid verlangen würde. Den Vertrauten der Königin hatte er den Gerüchten zufolge bereits Konsequenzen angedroht, wenn sie seinem Befehl nicht nachkamen. »Der wartet mit seinen Begehrlichkeiten nicht einmal ab, bis unsere Königin in der Geisterlinde ist, und wieso verlangt er, dass wir ihm Treue schwören? Das darf nur unsere Elfenkönigin verlangen!«, regte Alaris sich auf.

Gilior hatte alle Mühe, seinen Cousin zu beruhigen. Aber trotz aller Empörung, die auch er selbst empfand – Lorons Ansinnen konnte ihnen vielleicht sogar die Flucht erleichtern. »Du musst ihm keine Treue schwören, wir werden vorher von hier fliehen!«, sagte Gilior leise.

»Wie denn?«, Alaris regte sich gleich wieder auf. »Es gibt nur den Weg über die Zugbrücke und die wird mittlerweile so gut bewacht, dass keiner auch nur in die Nähe kommen kann! Wer fortgehen will, braucht einen Erlaubnisschein von Loron.«

Gilior stutzte kurz.

Er hatte heute Abend nur zwei von Lorons Männern an der Zugbrücke gesehen, aber weitere konnten sich natürlich dort in der Wehranlage versteckt halten. Aber das war auch egal. »Ich kenne einen anderen Fluchtweg!«

»Was? Du kennst einen anderen Weg hier heraus?« Alaris schaute ihn überrascht an. Hoffnung spiegelte sich in seinem Blick, aber gleich darauf auch große Zweifel.

»Ja, es gibt einen Weg, aber es ist besser für dich, wenn du jetzt noch nichts darüber weißt.« Gilior seufzte leise. »Ich würde am liebsten schon heute Nacht mit dir aufbrechen, aber als Schützer darf ich erst aktiv werden, wenn feststeht, dass die Geisterlinde unsere Elfenkönigin Tera auch wirklich aufgenommen hat. So steht es in dem Buch, das ich von ihr bekommen habe.« Er klopfte Alaris auf die Schulter. »Immerhin darf auch Loron nichts unternehmen, ehe diese Nachricht da ist, zumindest nicht öffentlich. Auch wenn er nicht auf die Rückkehr von Teras Begleitung warten wird, so muss er zumindest auf seinen Raben warten. Ich nehme an, Loron rechnet damit, dass sein Botentier morgen bei ihm eintrifft.« Gilior schwieg einen kurzen Augenblick und überlegte. Dann sah er Alaris an. »Weißt du, zu welchen Zeitpunkt die Vereidigung stattfinden soll?«

»Woher weißt du von Lorons Raben? Ich mag das Vieh nicht leiden!« Alaris schüttelte angewidert den Kopf. »Morgen bei Sonnenuntergang sollen sich alle im Schlosshof einfinden«, erklärte er dann, »sogar die Hausgeister, stell dir das vor!«

»Die Hausgeister?« Gilior lachte auf. »Die kann man nicht verpflichten. Die kommen freiwillig und bleiben freiwillig, aber nicht weil irgendjemand es von ihnen verlangt!«

»Das weiß Loron auch. Aber ich nehme an, er hofft, dass sie wegen seines Befehls so wütend werden, dass sie einfach von selbst verschwinden.«

»Nun, das werden sie nicht tun, sie bleiben der Königin treu, komme was da wolle.«

»Woher weißt du das alles?« Alaris schaute Gilior prüfend an. »Ich hoffe, du warst nicht leichtsinnig bei deinen Nachforschungen! Loron hat dich immerhin schon im Auge, die Ausgangssperre gilt vor allem dir, weil er glaubt, dich hier unter Kontrolle zu haben.«

»Nein, mich hat niemand gesehen, außer einem Hausgeist, auf den ich mich verlassen kann. Im Übrigen kommt es mir sehr gelegen, wenn Loron glaubt, leichtes Spiel mit mir zu haben. Ich weiß, dass er uns Schützer an der Erfüllung unserer Aufgabe hindern will und ich bin mir auch ziemlich sicher, dass er Tidor und Thal sofort bei ihrer Rückkehr festsetzen und einsperren lassen wird. Also muss ich ihnen entgegengehen, müssen wir ihnen entgegengehen! Wir werden deshalb morgen verschwinden, und zwar dann, wenn sich alle im Schlosshof versammeln.«

Gilior erklärte nun, wie er sich das vorstellte. Alaris sollte noch heute Nacht seine wichtigsten Sachen zusammenpacken. Morgen musste er seine gepackte Tasche dann in der Suppenküche verstecken, aber so, dass er leichten Zugriff hatte. Danach blieb Alaris nichts übrig, als wie gewohnt seiner Arbeit nachzugehen, möglichst ohne sich etwas anmerken zu lassen, und zwar solange, bis Gilior zu ihm kam.

Am nächsten Tag nahm im Schloss alles seinen gewohnten Gang. Aber als Gilior zur Mittagszeit ins Esszimmer ging, fand er eine in zwei Teile zerbrochene Rabenfeder auf seinem Stuhl vor. Er begriff sofort, was das bedeutete: Lorons Bote war zurückgekehrt, mit der Nachricht, dass die Elfenkönigin die Geisterlinde betreten hatte und nun bei ihren Ahnen war.

Gilior steckte die zerstörte Feder ein, setzte sich und begann zu essen, hastig, ohne viel zu schmecken. Seine Beine kribbelten. Er wäre am liebsten sofort zu Alaris gelaufen, um mit ihm zu verschwinden. Hatte die zerschnittene Rabenfeder womöglich noch eine Bedeutung? Den Raben selbst hatte Gilior nicht gesehen, obwohl er den ganzen Morgen am Fenster gestanden und Ausschau gehalten hatte. Allerdings konnte er von seinem Zimmer aus nur einen Teil des Schlossgeländes einsehen. Wann war der Rabenbote zurückgekommen? Was, wenn Loron bereits vor Sonnenuntergang Initiativen ergriff, um ihn an seinem Auftrag zu hindern?

Während Gilior seine Suppe aß, schaute er immer wieder auf sein linkes Handgelenk. Gab ihm die Schlange ein Zeichen? Er sah ihren

Schatten wie gewöhnlich, still ruhend unter seiner Haut. Noch schien keine Gefahr zu drohen. Aber würde die Schlange ihm solche überhaupt signalisieren? Möglicherweise vertraute sie darauf, dass er imstande war, drohendes Unheil selbst zu erkennen!

Gilior legte den Löffel beiseite, schnappte sich die übrig gebliebenen Fladenbrote und lief in sein Zimmer zurück.

Sofort stellte er sich wieder ans Fenster. Der Schlosshof lag verlassen da. Er sah nur die zwei schwarz gekleideten Wächter, die unbeweglich vor der Zugbrücke standen. Fast unheimlich sahen sie aus, mit ihren langen Umhängen und den verhüllten Gesichtern. Vom Inneren des Schlosses drang kein Geräusch zu ihm. Die ganze Atmosphäre hier wirkte, als ob sogar das Gebäude den Atem anhalten würde. War es die Ruhe vor dem Sturm?

Als vom Schlosshof her ein quietschendes Geräusch zu ihm herauf klang, zuckte Gilior zurück. Doch er trat gleich wieder vor. Am liebsten hätte er jetzt das Fenster geöffnet und den Kopf hinausgestreckt. Aber es war besser, wenn er weiter hinter der Scheibe beobachtete. Er sah auch so, dass sich der Haupteingang des Schlossgebäudes öffnete. Ein Mann, bekleidet mit einem edlen schwarzen Gewand und einer Elfenkrone auf dem Kopf, trat heraus, sah sich nach allen Seiten um und öffnete dann das Portal vollends. Loron! Er besaß sogar die Frechheit, sich mit Insignien königlicher Macht zu schmücken. Aber nicht das versetzte Gilior einen Schock, sondern die in Eisen gekleideten Männer mit den nackten roten Füßen und den feurigen Händen, die auf Lorons Wink hin auf den Schlosshof traten. Feuerstreiter! Gilior schreckte zur Seite, verbarg sich neben dem Fenster an der Wand, als Loron die Aufmerksamkeit dieser furchterregenden Wesen mit ausgestrecktem Arm zu ihm herauf lenkte. Gleich darauf streckte er wieder den Kopf vor und bekam mit, dass Loron auf die kleine Tür im gegenüberliegenden Flügel zeigte, die in die Suppenküche führte.

Das war eindeutig! Alaris war genauso in Gefahr wie er selbst!

Gilior ließ umgehend seinen Stab schrumpfen. Er steckte ihn ein, lief zur Truhe, schnappte sich Pfeil und Bogen, warf sich die Reisetasche quer über die Schulter und rannte auf den Flur hinaus zum ersten Spiegel. Sein weißer Mantel, in dessen linker Tasche sein verkürzter Stab steckte, färbte sich braun, aber das bekam Gilior nur am Rande mit. Er stieg durch den Spiegel, sauste links den magischen Gang entlang. Hinter ihm, noch ein Stück entfernt, klangen Stimmen, seltsam rau und unartikuliert. Feuerstreiter! Sie waren schon hier! Hatten sie ihn entdeckt? Ihn erkannt? Gilior schaute nicht zurück, zählte nur die Nischen, an denen er vorbeirannte. Eins ... zwei. Vor der dritten blieb er schlitternd stehen, duckte sich in Windeseile hinein. Er spürte, wie er abwärts gezogen wurde, dann seitwärts geschleudert. Gleich darauf landete er hart auf einem Berg aus Eisschollen. Vor Schmerz schrie er auf.

Nicht jammern! Weiter! Zur Treppe!

Gilior rappelte sich auf, sah sich hektisch um. Die Treppe! Wo war die Treppe? Dort drüben! Er kämpfte sich über das Eis hinweg zu den Stiegen vor. Immer wieder rutschte er, stürzte. Herrjemine, und so bitterkalt! Dann setzte er den ersten Schritt auf die Stufen, hetzte nach oben. Hoffentlich war die Tür nicht abgeschlossen! Nein, sie ließ sich öffnen. Nach rechts, hatte Naida gesagt. Er raste die Kellerabteile entlang, zum Glück waren die Durchgänge offen. Beinahe knalle er am Ende gegen das Regal. Im letzten Moment gelang ihm die Kurve. Die Tür hindurch! Ja, der kleine Flur! Treppe rechts ... Er nahm sie mit großen Schritten, riss oben wieder eine Tür auf. Der Vorraum mit Küchengerätschaften. Gleich war er da! Hoffentlich nicht zu spät! Er hörte aufgeregte Stimmen.

Gilior stürmte durch die Schwingtür, stoppte abrupt. Dem Himmel sein Dank! Alaris war noch am Leben! Sein Cousin hatte einen schweren Tisch vor die Ausgangstür gezogen, stapelte zusammen mit einem Hausgeist einen Topf und Kochbücher darauf, um die Türklinke zu blockieren. Auf dem Rücken trug er bereits seinen Rucksack.

Von außen warfen sich die ersten Angreifer gegen die Tür. Eine Faust krachte durch das Türblatt, streifte Alaris' Arm. Er schrie auf. Der Tisch zitterte, rumste, ein Buch fiel aus dem Stapel heraus, wurde von Alaris hektisch wieder obenauf unter die Klinke geklemmt. Der Hausgeist kreischte, forderte ihn auf, sich schnellstens zu verstecken.

Gilior erfasste die Lage mit einem Blick. Er fackelte nicht lange. Er schnappte nach Alaris Hand, zog ihn mit sich in Richtung Kräutergarten. »Los, wir müssen hier raus!«

»Nicht in den Garten, dort sitzen wir in der Falle!« Alaris versuchte, ihn in Richtung Vorraum zu zerren, und auch der Hausgeist trippelte aufgeregt um sie herum.

»Doch! Vertraut mir, ich weiß, was ich tue!«, schrie Gilior.

Er schleifte seinen widerstrebenden Cousin hinter sich her. Kaum dass sie draußen im Freien waren, rannte Gilior mit ihm im Schlepptau auf das verwucherte Beet mit der Pfefferminze zu. Hoffentlich war die Erde dort gelockert und die Steine darin entfernt! Er hatte nur einen Versuch! Alaris schnaufte und stolperte ihm hinterher, brüllte, dass es gleich aus wäre mit ihnen. Drinnen in der Küche krachte Holz. Metall schepperte.

Gilior packte Alaris, so fest er nur konnte, bei der Hand. »Lass bloß nicht los!«

Hastig zog er das Band mit dem Spiegelstückchen aus seiner Manteltasche. Mit Schwung warf er es mitten in die wuchernde Pfefferminze hinein.

Dann ging alles ganz schnell. Vor Gilior leuchtete ein spiegelnder Lichtstrahl auf. Er trat sofort darauf zu, wurde von dem Licht erfasst und zusammen mit Alaris eingesaugt. Sein Cousin strauchelte, stürzte neben ihm auf den Steinboden seines gerade entstandenen Verstecks. Gilior warf ihm nur einen kurzen Blick zu. Er wandte sich um. Der Eingang seines Spiegelflurs schloss sich, aber er sah noch den Hausgeist, der mit offenem Mund in ihre Richtung starrte und sich dann, als die Feuerstreiter hinter ihm die Tür durchbrachen, in Luft auflöste.

Ein hohes Summen in der Luft lenkte Gilior Aufmerksamkeit umgehend wieder nach vorne. Das an einem elastischen Band befestigte Spiegelglas blitzte vor ihm auf. Mit einem Sprung fing er es auf. Sogleich untersuchte er das Glas. Es war heil geblieben! Sein geheimer Spiegelgang war somit unbeschädigt, die Wände konnten weder bröckeln noch über ihnen zusammenbrechen. Gilior atmete auf. Sie waren in Sicherheit. Niemand würde sie jetzt finden!

8. Entscheidungen

Alaris lag schwer atmend auf dem Boden. Gilior half ihm, sich aufzusetzen und wenig später lehnte sein Cousin mit ausgestreckten Beinen an der Wand. Er sah völlig erschöpft und verwirrt aus.

Aber dann schien er sich zu erinnern. Er sah sich hektisch um, versuchte, wieder auf die Beine zu kommen. »Wir waren doch eben noch im Kräutergarten! Die Feuerstreiter ... Was ist passiert? Wo sind wir?«

»In Sicherheit!«, erwiderte Gilior, klopfte ihm beruhigend auf die Schulter und setzte sich neben ihn. »Wir sind in meinem geheimen Versteck, das ich aus einem winzigen Stückchen Spiegelglas erzeugen kann. Niemand kann uns hierher folgen!« Gilior zeigte Alaris das Spiegelstück, das mit einem Band in der Tasche seines Mantels befestigt war. »Du erinnerst dich sicher, dass ich schon früher ab und zu wie durch Zauberei verschwunden oder scheinbar aus dem Nichts irgendwo aufgetaucht bin ...«

»Ja. Du hast mir mit dieser Eigenart immer einen gehörigen Schrecken eingejagt«, erwiderte Alaris matt.

»Ich weiß, und es tut mir leid. Mein Vater war immer überzeugt, dass ich in solchen Fällen schwarze Magie anwende, deshalb habe ich niemandem erzählt, was wirklich dahinter steckt. Auch dir nicht, du hättest dich verplappern können, wenn er dich lang genug getriezt hätte. Dann wäre vielleicht alles nur schlimmer geworden. Ich war etwas zwölf, als ich entdeckte, dass ich so einen magischen Raum wie diesen hier erschaffen kann. Du lieber Himmel, wenn ich daran denke! Aber egal. Jedenfalls wurde mir diese Fähigkeit wohl angeboren und jetzt ist sie uns von Nutzen.«

Gilior war froh, dass er seinem Cousin endlich von seinem Geheimnis erzählen konnte. Aber Alaris nickte nur und blieb stumm.

»He, was ist los?« Gilior stupste ihn an. »Bist du sauer, weil ich es geheimgehalten habe?«

Alaris schüttelte den Kopf. »Nein, du hast gut daran getan, es für dich zu behalten.« Er rieb sich über die Stirn und diese Geste wirkte verzweifelt. »Wir beide sind noch einmal davongekommen, aber Tidor und Thal nicht. Sie sind tot«, flüsterte er und sah Gilior dabei nicht an.

»Was sagst du da?«

Erschrocken schaute Gilior auf sein linkes Handgelenk. Das Zeichen der Schlange zeigte sich unverändert als Schatten unter seiner Haut. Sie bewegte sich nicht einmal.

Er schüttelte energisch den Kopf. »Thal und Tidor sind nicht tot! Wie kommst du nur darauf?«

Alaris schaute ihn an, kurz nur, dann senkte er wieder Kopf.

»Die Hausgeister haben es mir gesagt. Sie haben Loron und seinen Raben belauscht. Dieser berichtete ihm, dass die zwei Windlinge, die sich unter die Bogenschützen des Begleitzugs der Elfenkönigin geschmuggelt hatten, bis zum Schluss unerkannt geblieben wären.«

»Windlinge? Unerkannt?«, unterbrach Gilior.

Alaris nickte. »Windlinge sind mächtige Magier, die in den Wäldern des Ostens leben.«

»Das weiß ich, aber wieso blieben die unerkannt?«

»Äußerlich kann man sie nicht von uns unterscheiden, sie sind in der Regel lediglich ein wenig größer gewachsen als wir Elfen. Allerdings haben sie immer sehr helles Haar, manchmal fast schlohweiß. Aber auch das gibt es bei uns Elfen, wenn auch sehr selten.«

Was Alaris sagte, erinnerte Gilior umgehend an die zwei Weißhaarigen, die ihm bei Teras Abreise aufgefallen waren. »Erzähl weiter!«

»Wie gesagt, sie und ihre Absichten blieben unerkannt. Aber als die Geisterlinde sich öffnete und Tera hineinging, da riefen die Windlinge mit einem mächtigen Zauber den Sturm herbei. Tidor und Thal, die bis zum Schluss an Teras Seite geblieben waren, wurden hinter ihr in den Baum hineingeschleudert. Sie schafften es nicht mehr heraus, der magische Sturm blies zu stark. Die Geisterlinde verschloss sich wieder und jetzt sind sie da drinnen eingesperrt, tot. Ihre Gesichter sollen sich im Stammholz der Geisterlinde abbilden.«

»Hm ... und die Bogenschützen? Die haben doch sicher nicht einfach zugesehen, oder?«

»Sie haben gekämpft. Keiner von ihnen ist mehr am Leben, alle verbrannt von Feuerstrei-tern, die sich hinter einem Hügel in der Nähe der Geisterlinde versteckt gehalten hatten, hieß es.«

»Hm ...«, brummte Gilior wieder und schüttelte den Kopf.

Alaris lachte kurz auf, es klang verzweifelt. »Wusstest du, dass Rabenboten eigentlich Gestaltwandler sind? Fid, der Hausgeist, den du vorhin bei mir angetroffen hast, hat es mir erzählt. Ihre wahre Gestalt ist kaum größer als die eines Hausgeists, aber an ihren Gesichtern erkennt man oft ihre Besitzer. Der Rabenbote von Loron soll einen besonders hinterlistigen Gesichtsausdruck haben ...«

»Dass er so hinterlistig sein soll wie Loron, wurde mir auch erzählt.« Gilior überlegte. »Und du meinst, dass das, was dir über das Geschehen an der Geisterlinde berichtet wurde, tatsächlich wahr ist?«

Alaris nickte. »Ja, es ist wahr! Du weißt, dass Hausgeister die Wahrheit selbst hinter den geschicktesten Lügen erkennen, und der Rabenbote hat es wohl in allen Einzelheiten erzählt.« Er schnaufte schwer auf. »Fid sagte mir übrigens, dass sie dir eine zerbrochene Rabenfeder geschickt hätten, um dich zu warnen. Bist du deshalb schon vor der Zeit gekommen?«

»Nur indirekt, ich habe die Feder nicht als einen Gefahrenhinweis interpretiert, nur als Botschaft, dass Tera in der Geisterlinde ist. Aber ich habe von meinem Fenster aus gesehen, wie die Feuerstreiter auf den Schlosshof kamen und bin dann sofort losgerannt.«

»Du kamst gerade noch rechtzeitig! Ich glaube, ich hätte es nicht mehr bis zu meinem Versteck im Eiskeller geschafft. Dort wollte ich auf dich warten. Fid sagte mir, dass du wohl den Weg über diesen Eiskeller nehmen würdest.« Alaris ächzte und wand sich, um seinen Rucksack vom Rücken zu bekommen. »Der drückt!«

»Was hast du denn da drinnen, dass er so schwer ist?«, fragte Gilior und half ihm, den prallgefüllten Ranzen vom Rücken zu nehmen.

»Alles, was ich brauche, um unterwegs im Freien eine Suppe kochen zu können«, erwiderte Alaris.

Das war ja klar!

Gilior beobachtete ihn, wie er den Rucksack schwer atmend neben sich hievte. »Um noch mal auf Thal und Tidor zurückzukommen«, nahm er den Gesprächsfaden wieder auf. »Die beiden mögen tatsächlich in der Geisterlinde eingesperrt sein, aber sie sind nicht tot! Das Zeichen der Schlange unter der Haut meines Handgelenks hätte sich in diesem Fall weiß verfärbt, das habe ich aus den Aufzeichnungen meines Vorgängers erfahren, aus dem Notizbüchlein von Rasnor!« Er hielt Alaris seinen Arm vor die Nase, nahm ihn dann aber wieder herunter. »Ach, du kannst es ja nicht sehen ...«

»Ich glaube dir aber nur zu gern! Trotzdem – hilft uns dieses Wissen weiter? Sie können dort nicht heraus!«

»Ich bin durch das Zeichen der Schlange mit ihnen verbunden. Solange sie leben, spielt es wohl keine ausschlaggebende Rolle, ob sie bei mir sind oder nicht. Die Kraft, Teras Geist und ihren neuen Körper zu finden, bleibt also erhalten, auch wenn ich jetzt wohl erst einmal alleine suchen muss. Es wird natürlich viel schwerer werden und ich könnte Hilfe gebrauchen. Ich wäre deshalb froh, wenn du bei mir bleiben würdest. Als Schützer darf ich mir Gefährten wählen, die goldene Schlange erlaubt das, aber du müsstest natürlich Stillschweigen über alles bewahren, das mit Schützer-Aufträgen zusammenhängt. Es gibt da ein Ritual ...«

»Natürlich bleibe ich bei dir, das versteht sich von selbst! Schweigen kann ich auch, das weißt du! Aber muss es unbedingt gleich ein Ritual werden? Ich mag nicht eines Tages doch noch als Schützer aufwachen!«

Alaris streckte Gilior abwehrend eine Hand entgegen, um seine Abneigung gegen das Ritual zu unterstreichen.

Gilior lachte auf. »Keine Angst, du wirst nur mein Gehilfe und du kannst zudem jederzeit gehen. In solchem Fall werden Schützer-Geheimnisse, die ich dir erzählt habe, halt wieder aus deinem Gedächtnis verschwinden.«

Alaris brabbelte unverständlich vor sich hin. Dann sah er Gilior an. »Na gut, weil du es bist, und weil du mich vor einem grausigen Feuertod bewahrt hast, unterwerfe ich mich halt diesem Zwangsritual. Fang an!«

»Nicht so hastig.« Gilior grinste, wurde dann aber sehr ernst. »Es gibt da noch etwas, die mich beunruhigt, das will ich vorher noch mit dir besprechen.«

Alaris machte Anstalten, aufzuspringen. »Sind wir hier doch nicht so sicher, wie du geglaubt hast?«

Gilior zog ihn wieder zu sich herunter. »Keine Sorge, wir sind hier absolut sicher! Nein, es ist nur so ... Ich hab mir Gedanken darüber gemacht, warum die Feuerstreiter heute auch dich angegriffen haben. Wenn dieses Scheusal Loron glaubt, dass Tidor und Thal tot sind, dann könnte dieser Angriff auf dich womöglich bedeuten, dass unser gesamter Stamm in Gefahr ist ...«

»Ja, natürlich«, fiel Alaris ihm ins Wort. »Loron weiß schließlich, dass das Schützer-Amt von einer Person auf die nächste übergeht, so lange, wie es uns el Raganors gibt.«

Gilior bewegte die Finger, als ob er Fäden miteinander verknüpfen wollte.

»Du solltest eine deiner genialen Nachrichtenbänder erzeugen und die Familie warnen. Sie müssen so bald als möglich untertauchen!« Er zeigte den Gang entlang auf eine Tür in seinem Geheimgang. »Dort geht es nach Rosehall. Ich öffne dir die Tür, dann kannst du die Nachricht fliegen lassen.«

»Hab ich schon in Teramoon getan, gleich als der Hausgeist von Thal und Tidor erzählte.« Alaris schaute Gilior an. »Aber wenn es hier eine Tür nach Rosehall gibt, dann sollten wir zu ihnen gehen und alles erklären!«

»Stimmt!«, erwiderte Gilior und schüttelte gleich darauf energisch den Kopf. »Nein!« Er atmete heftig aus. »Herrje aber auch! Es ist so schwer, ich bin völlig im Zwiespalt!« Gilior sah Alaris an und seufzte. »Es ist so ... Wenn meine beiden Schützer-Gefährten tatsächlich in der Geisterlinde eingesperrt sind und dort nicht mehr herauskommen, dann bin ich der Einzige, der weiß, wie unsere neue Königin erweckt werden kann.« Er deutete auf die Tür. »Angenommen, wir würden jetzt da rausgehen, und angenommen Loron hätte bereits seine Feuerstreiter hierher beordert, was wir nicht wissen können, dann käme es zum Kampf. Davor hätte ich zwar keine Angst und kämpfen kann ich, das weißt du, aber wir würden es vielleicht nicht mehr schaffen, von dort wieder zu verschwinden. Dazu kommt, dass die Tür direkt zum Rosengarten führt, da liegt überall Kies auf den Wegen, zum Teil auch in den Beeten. Wenn ich meine Spiegelscherbe werfe, darf sie aber nicht auf das kleinste Steinchen treffen. Wenn sie auf etwas Hartes trifft und splittert, würde dieser Geheimgang wenig später über uns zusammenbrechen, was womöglich ebenfalls das Aus für uns bedeuten würde. So oder so hätte Loron dann schon gewonnen, weil es niemanden mehr gäbe, der noch weiß, wie die Königin erweckt werden kann.«

Gilior zog seine Knie an, stützte die Ellbogen darauf und vergrub den Kopf in den Händen.

»Alaris, es kann doch nicht sein, dass ich mich zwischen der Familie und der Königin entscheiden muss, oder?«

Alaris legte den Arm um Giliors Schultern und atmete tief durch.

»Nicht du. Wir! Schließlich habe ich mich bereits entschieden, bei dir zu bleiben.« Er schwieg einen Augenblick lang, atmete dann noch einmal tief durch. »Wir sind el Raganors. Von Kindesbeinen an wurden wir dazu erzogen, mit Stab oder mit Pfeil und Bogen zu kämpfen, um den Frieden unserer Welt zu verteidigen. Aber jetzt ist Dunkelzeit und die Situation völlig verdreht. Der Friede ging mit Tera fort und Loron ist bereits dabei, Krieg zu erschaffen. Du als Schützer musst jetzt vor allem eines: überleben. Du darfst kein unnötiges Risiko eingehen! Wir werden sicher noch oft genug in Kämpfe verwickelt werden, auch wenn wir jetzt nicht da rausgehen, um der Familie zu helfen, und stattdessen nach der neuen Königin suchen, was nun mal deine Aufgabe ist.« Alaris schwieg wieder und starrte mit sorgenvollem Blick auf die Tür, die in den Rosengarten von Rosehall führte. Dann straffte er seine Schultern. »Gilior ... Du weißt besser als jeder andere, wie pflichtbewusst dein Vater ist! Meine Nachricht hat er schon lange bekommen und ich bin überzeugt, dass er alles tun wird, um unsere Familien und die Verwandtschaft in Sicherheit zu bringen! Außerdem haben die Spiegel im Haus keine Verbindungsfunktion, es wird also niemand so leicht dort eindringen können, und wenn doch alle Stricke reißen, dann gibt es ja auch noch den Geheimgang in der

Bibliothek, du weißt schon, den beim Kamin, durch den sie verschwinden können.«

Gilior nahm die Hände vom Gesicht und nickte. »Ja, du hast wohl recht.« Er legte seinen Arm um Alaris' Schultern. »Ich bin so froh, dass du bei mir bist!« Er schnaufte auf. »Also gut, dann werde ich dich jetzt erst einmal der goldenen Schlange vorstellen.«

Alaris brummte jetzt nur noch. Gilior kramte in seiner Umhängetasche und zog kurz darauf ein Spiegelstückchen heraus, das an einem langen Gummiband hing. Es war ein Notbehelf, denn ein Seil hatte er nicht. Gilior wickelte das Band um sein Handgelenk und danach auch um den Arm von Alaris.

»Ein Helfer in der Not des Schützers, schweigsam wie ein Grab, sieh meinen Freund Alaris«, sprach Gilior danach.

Das dünne Band blitzte einen Moment lang golden auf, dann lag es wieder wie ein normaler Gummifaden um ihre Handgelenke.

»Muss ich etwas sagen?«, fragte Alaris.

Gilior schüttelte den Kopf. »Nein, die goldene Schlange hat dich gesehen, das genügt ihr.« Er schnaufte durch. »So, jetzt kann ich dir auch mein Schützergeheimnis anvertrauen!« Er zog das Medaillion unter seinem Hemd hervor und zeigte es Alaris. »Hier drinnen ruht der sogenannte Eisenmann. Er wird innerhalb der nächsten drei Tage erwachen, was uns laut unserer Elfenkönigin Tera bei unserer Aufgabe helfen wird. Wie, weiß ich zwar nicht, aber das wird sich zeigen. Bis es so weit ist, sollten wir hier in diesem Raum bleiben, damit wir ihn nicht in Gefahr bringen. Am besten ist wohl, wenn wir uns solange ausruhen, denke ich, denn wenn wir wieder nach draußen gehen, müssen wir sehr wachsam sein. Wir sollten dann zuerst einen Blick auf die Geisterlinde werfen und uns überzeugen, dass alles stimmt, was gesagt wurde. Je nachdem, auf welche Weise sich der Eisenmann zeigt, gehen wir dann vielleicht doch noch kurz nach Rosehall. Wir werden beide ruhiger sein, wenn wir wissen, dass sich unsere Familien in Sicherheit bringen konnten. Spätestens danach müssen wir aber den Einsamerfels finden und von dort aus in die Menschenwelt gehen. Alles Weitere wird sich sicher mit der Zeit klären.«

Alaris blies die Backen auf, aber er nickte. »Das scheint mir ein guter Plan zu sein und ja, wir werden all unsere Kräfte brauchen!«

Eine Weile sprachen sie noch über die anstehende Suche nach der neuen Elfenkönigin und über die Gefahren, die dabei wohl nicht nur ihnen, sondern allen el Raganors drohten. Es würde alles andere als einfach werden, ihre Aufgabe zu erfüllen. Aber die Aufregung des heutigen Tages und vor allem ihre überstürzte Flucht aus Teramoon hatte sie beide doch ziemlich mitgenommen und so legten sie sich irgendwann einfach auf dem Boden lang, um erst einmal zu schlafen.

Gilior schloss die Augen, aber seine Gedanken kreisten noch lange weiter. Vor seinem inneren Auge sah er noch einmal die Feuerstreiter, die auf dem ganzen Schlosshof Tropfen von feuriger Glut verspritzt hatten, spürte noch einmal den Schrecken, als sie auf die Tür zur Küche zugestürmt waren, und dann die Anspannung seines Körpers, als er durch den Eiskeller und die Vorratsräume gerast war, um Alaris zu retten, und mit ihm zu verschwinden.

Fast lautlos atmete Gilior aus. Nicht mehr daran denken! Die Flucht war gelungen, und somit die Voraussetzungen für die Erfüllung seiner Aufgabe geschaffen.

Alaris, der neben ihm lag, fing leise an zu schnarchen. Es klang beruhigend in Giliors Ohren. Das war sein Cousin, sein Freund! Sie würden einander nicht im Stich lassen! Lorons Schergen mochten weiter nach ihnen suchen, aber jetzt waren sie zu zweit und besser gewappnet. Bald kam sogar noch einer dazu! Mit Alaris' Hilfe und der des Eisenmanns würde er die neue Königin finden und erwecken. Es würde ganz bestimmt gelingen, so wie die Flucht aus Teramoon gelungen war!

Über die Autorin

Die Autorin Angela Mackert, geboren im Jahr 1952 in Karlsruhe, lebt und arbeitet in Ettlingen. Nach einer Karriere als Geschäftsführerin eines Einzelhandelsbetriebs erfüllte sie sich einen ihrer Lebensträume und gründete eine eigene Schule für Astrologie und Tarot. Die Expertin für Esoterik veröffentlicht gefragte Fachbücher, daneben aber auch Kurzgeschichten, Krimis und Fantasy-Romane, die oft von einem mystischen und geheimnisvollen Flair durchzogen sind.

Mehr über die Autorin und ihre Bücher unter: www.angela-mackert.de

Vorschau Band 2

Angela Mackert

Elfengeist

(2) Das Geheimnis von Segredo

216 Seiten Paperback

Auch als eBook erhältlich.

Gilior und Alaris sind zwar aus Teramoon entkommen, aber ihre Feinde geben die Verfolgung nicht auf. Die Suche nach der neuen Elfenkönigin gestaltet sich zudem schwieriger als gedacht. Als klar wird, dass der Erfolg ihrer Mission auf Messers Schneide steht, entschließen sie sich, die gefährliche Reise durch das Gebiet der Schneedämonen zu wagen, um nach Segredo zu gelangen. Nur dort können sie Antworten auf entscheidende Fragen finden.

Mehr Informationen unter:

www.angela-mackert.de